Such trivial moments

A story about the things we've passed by

Lee Yong-jun

어느새 커피는 식어 있었다. 잔을 들어 올려 한 모금 마셔보았지만, 더 이상 따뜻한 온기는 남아 있지 않았다. 하지만 미지근한 커피도 나름의 맛이 있다. 마치 적당히 지나온 시간들이 남기는 흔적처럼. 처음엔 강렬하고 뜨거웠다가, 이윽고 온도가 내려가면서 본래의 쓴맛이 더 선명하게 느껴진다. 그렇게 우리의 하루도, 삶도, 어쩌면 이 책 속의 이야기들도 흘러가는 것인지도 모른다.

이 글들을 쓰면서, 나는 여러 번 멈춰 서서 생각했다. 우리가 매일 마주하는 사소한 것들, 별것 아닌 듯 보이는 순간들이 왜 이토록 마음을 건드리는 걸까. 커피 한 잔, 우연히 만난 고양이, 공항에서 길을 잃는 일, 우산을 잃어버리는 일, 바람이 불어오는 날. 그 모든 것이 결국 우리의 삶을 이루는 작은 조각들이다. 그리고 우리는 그 조각들 사이를 걸어간다. 때로는 천천히, 때로는 허둥지둥. 그러다 문득 뒤돌아보면, 그 모든 순간이 우리를 지금의 자리까지 데려다주었다는 걸 깨닫게 된다.

  우리가 지나쳐온 것들에 대한 이야기

어쩌면 삶이란 거창한 계획보다는, 이런 사소한 것들의 연속일지도 모른다. 어디로 가야 할지 몰라 잠시 멈춰 서 있기도 하고, 우연한 순간에 작은 기쁨을 발견하기도 하면서. 그리고 가끔은 실수하고, 길을 잃고, 엉뚱한 곳에 도착하기도 한다. 하지만 그런 순간들이 쌓이고 쌓여 결국은 우리만의 이야기로 남는다.

이토록 사소한 순간들

우리가
지나쳐온
것들에 대한
이야기

이용준

이토록 사소한 순간들

인쇄 1쇄 | 2026년 1월 25일
발행 1쇄 | 2026년 1월 30일

지은이 | 이용준
펴낸곳 | 나비소리(nabisori)
펴낸이 | 최성준
교정교열 | 배지은
전자책 제작 | 모카
출판등록 | 2021년 12월 20일
등록번호 | 715-72-00389
주소 | 경기도 수원시 팔달구 효원로249번길 46-15
전화 | 070-4025-8193
팩스 | 02-6003-0268
원고투고 | nabi_sori@daum.net
상점| www.nabisori.shop.
살롱| blog.naver.com/nabisorisalon
ISBN | 979-11-92624-29-7(00810)

그러니 부디 사소한 것들을 놓치지 않기를. 따뜻한 커피 한 잔의 온기를, 길고양이의 느긋한 눈빛을, 바람에 흩날리는 벚꽃 한 장을, 그리고 지금 이 순간을. 어쩌면 그것이야말로 우리가 삶을 살아가는 가장 단순하고도 확실한 방식이 아닐까.

창밖으로 다시 바람이 불어온다. 나는 빈 커피잔을 내려놓고, 천천히 자리에서 일어선다. 그리고 또 다른 하루를 향해 조용히 걸음을 옮긴다.

　　　우리가 지나쳐온 것들에 대한 이야기

차례

Prologue

   우리가 지나쳐온 것들에 대한 이야기

   우리가 지나쳐온 것들에 대한 이야기

Epilogue

Moment 01 건전지의 수명에 대하여

며칠 전, TV 리모컨이 말을 듣지 않았다. 버튼을 눌러도 반응이 없었고, 나는 자연스럽게 리모컨을 두드려 보았다. 마치 그것이 어떤 해결책이라도 되는 양. 하지만 리모컨은 끝내 침묵을 지켰다. 순간 나는 깨달았다. '아, 건전지가 다 됐구나.' 그렇게 생각하는 순간, 문득 이상한 감정이 들었다. 왜 우리는 언제나 건전지가 다 닳아버린 후에야 그것을 깨닫는 걸까? 건전지는 항상 조용히 일하다가, 어떤 예고도 없이 사

　　　　우리가 지나쳐온 것들에 대한 이야기

라지는 존재다. 그 점이 왠지 모르게 신경이 쓰였다.

나는 건전지를 신뢰하지 않는다. 물론 그것을 사용하긴 한다. 하지만 신뢰하는 것과 사용하는 것은 완전히 다른 문제다. 건전지는 늘 조용히 있다가 어느 순간 기력이 다하면 말도 없이 사라진다. 아무런 예고도 없이. 나는 그 태도가 어딘가 석연치 않다고 생각한다.

예를 들어, TV 리모컨이 갑자기 작동하지 않을 때가 있다. 채널을 바꾸려고 버튼을 누르면, 리모컨은 묵묵부답이다. 처음에는 단순한 오작동이라고 생각한다. 하지만 배터리를 꺼내 보면 알 수 있다. 녀석들은 이미 다 타버린 표정을 하고 있다. 마치 '우리 역할은 여기까지야'라고 말하는 듯하다.

건전지란 그런 존재다. 평소에는 아무 말도 하지 않다가, 한순간 모든 걸 놓아버린다. 그리고 가장 당혹스러운 순간에 우리를 배신한다. 벽시계의 초침이 멈춰 서고, 손전등의 불빛이 깜빡거리며 사라지고, TV 리모컨이 무반응으로 일관하는 순간, 우리는 깨닫는다. '아, 건전지가 다 됐구나.' 그리고 황급히 서랍을 뒤진다. 건전지는, 필요할 때만 사라진다.

가끔은 건전지도 스스로의 운명을 받아들이는 게 싫어서, 마지막 저항을 해보는 게 아닐까 싶다. 힘이 거의 다했지만, 그래도 한 번 더 노력해 보겠다는 듯이. 리모컨을 몇 번 두드리면 아주 잠깐 반응을 보이기도 한다. 그게 마지막 인사라도 되는 양. 하지만 결국에는 어김없이 멈춰버린다. 나는 그 모습이 어딘가 우리와 닮았다고 생각했다. 기력이 다할 때까지 애쓰지만, 언젠가는 더 이상 나아갈 수 없는 순간이 온다.

며칠 전, 나는 시계에서 방전된 건전지를 꺼내며 생각했다. '이제 이 녀석은 끝났군.' 하지만 문득 궁금해졌다. 과연 정말 끝난 걸까? 어쩌면 아직 어딘가에 미세한 전기가 남아 있는 것은 아닐까? 그러니까, 쓰

 우리가 지나쳐온 것들에 대한 이야기

지 않는다면, 이 건전지는 여전히 '건전지'일까? 아니면 그냥 빈 껍데기일 뿐일까?

나는 조용히 건전지를 손에 쥐었다. 그리고 작게 속삭였다. "수고했어." 건전지는 아무 말 없이 내 손 안에 놓여 있었다. 마치 그 말이 필요했던 것처럼.

Moment 02 뉴욕의 저녁과 첫 키스의 기억

뉴욕 거리를 걷다 보면, 늘 익스트림의 'When I First Kissed You'가 떠오른다. 그렇다고 해서 뉴욕에서 첫 키스를 한 건 아니다. 사실 뉴욕에서의 첫 키스는커녕, 로맨틱한 분위기에서 누군가와 키스를 나눈 적이 있던가? 떠올려 보려 하지만 기억은 어디까지나 안갯속이다. 중요한 건 그게 아니라, 그 노래가 뉴욕과 묘하게 잘 어울린다는 점이다.

　우리가 지나쳐온 것들에 대한 이야기

뉴욕의 저녁, 거리의 소음, 노란 택시가 연출하는 조그마한 혼돈 속에서, 그 곡의 느긋한 피아노 선율이 흐를 때면 모든 것이 제자리를 찾는 듯한 기분이 든다. 마치 분주하게 돌아가던 퍼즐 조각이 딱 맞춰지는 것처럼 말이다. 뉴욕이라는 도시는 기본적으로 시끌벅적하다. 자동차 경적 소리, 길거리에서 싸우는 연인, 혼잣말을 중얼거리는 노숙자, 그리고 어디선가 들려오는 트럼펫 소리. 그런 곳에서 익스트림의 감미로운 멜로디를 떠올리는 건 모순처럼 보일지도 모른다. 하지만 이상하게도 뉴욕은 그런 모순을 받아들이는 도시다.

한번은 소호의 작은 재즈 바에 갔다. 바텐더가 "뭐 마실래요?"라고 묻기에, 멋있는 척하고 싶어 '올드패션드'를 주문했다. 하지만 나는 위스키를 즐기지도 않고, 올드패션드가 어떤 맛인지도 정확히 몰랐다. 바텐더는 아무렇지 않게 잔을 닦으며 위스키 한 잔을 내 앞에 놓았고, 나는 천천히 한 모금 마셨다. 그리고 바로 후회했다. 목구멍이 불타는 듯한 느낌이 들었다. 역시 나는 맥주가 어울리는 인간이었다. 하지만 뉴욕이란 도시가 주는 분위기에 취해, 그 순간만큼 은 'When I First Kissed You'를 듣는 남자가 되고 싶었다.

그 노래를 들으면, 어딘가에서 누군가가 사랑에 빠지고 있을 것만 같다. 물론 내겐 그런 일이 일어나지 않았지만. 뉴욕의 거리를 걷고 있으면, 내가 어딘가 중요한 장면의 엑스트라가 된 듯한 기분이 든다. 실제로는 아무 일도 일어나지 않지만, 언젠가 아주 중요한 일이 벌어질 것 같은 예감이 드는 곳. 그게 바로 뉴욕이다. 그리고 아마도, 'When I First Kissed You' 는 그런 예감을 배경음악 삼아 계속 흘러나올 것이다.

 우리가 지나쳐온 것들에 대한 이야기

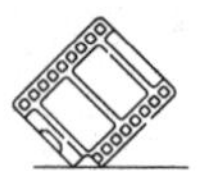

Moment 03 필름 없는 사진

아버지가 선물한 카메라는 1982년 제작된 니콘 FM2
였다. 묵직한 금속 바디에 필름이 감기는 소리가 기
분 좋게 들리는 기계식 카메라였다. 하지만 문제는,
나는 필름 카메라를 다룰 줄 모른다는 것이었다. 아
버지는 이유를 설명하지 않았다. 그냥 툭 내밀었고,
나는 어리둥절한 채 그것을 받아들었다. 마치 사무
라이가 칼을 건네받듯이.

며칠 후, 결혼기념일을 맞아 아내와 호텔에서 하루를 묵었다. 나는 니콘 FM2를 가방에 챙겨 갔다. 기념일에는 기념사진을 남겨야 한다는 다소 고리타분한 신념 때문이었을지도 모른다. 아니면 단순히 카메라를 한 번쯤 제대로 써보고 싶었던 것일 수도 있다. 와인을 한 잔씩 나누고, 창밖의 야경을 바라보다가 카메라를 꺼냈다. "한 장 찍어볼까?" 아내는 싱긋 웃으며 자세를 잡았다. 나는 신중하게 초점을 맞추고, 셔터를 눌렀다. 경쾌한 소리와 함께 셔터막이 열리고 닫혔다. 하지만 어딘가 이상했다. 필름이 부드럽게 감기지 않는 느낌이었다. 이상하다고 생각하면서도 계속 셔터를 눌렀다. 기념일의 한순간 한순간을 남기고 싶었기 때문이다.

며칠 후, 현상소에서 전화가 왔다. "고객님, 이거 필름이 감기지 않았는데요?" 직원의 목소리는 신중했지만, 내 귀에는 마치 시를 읊는 듯한 톤으로 들렸다.

 우리가 지나쳐온 것들에 대한 이야기

나는 순간 이해하지 못했다. "네?" "필름이 한 장도 노출되지 않았어요. 그냥 빈 필름입니다."

나는 한동안 침묵했다. 그러니까 우리가 찍었다고 생각했던 모든 순간이, 그 따뜻한 조명 아래의 미소와 포즈, 내 나름의 진지한 기록 정신이 전부 허공에 흩어져버린 셈이었다. 아내는 한숨을 쉬며 말했다. "그럼 결국 우리 머릿속에만 남은 기념사진이네."

나는 조용히 카메라를 들여다보았다. 필름실을 열자, 텅 빈 공간이 나를 올려다보고 있었다. 뭐랄까, 아주 오래전부터 알고 낸 친구가 갑자기 "사실 나는 존재하지 않았어"라고 고백하는 느낌이었다. 호텔의 공기, 와인의 향, 아내의 웃음, 창밖의 야경. 필름은 아무것도 기억하지 못했지만, 이상하게도 나는 그 모든 것을 선명하게 기억하고 있었다.

나는 카메라를 닫고 조용히 책상 위에 올려두었다. 필름 없이도 찍히는 것들이 있다는 사실을 깨달는 데는 시간이 조금 걸렸지만, 어쩌면 그게 더 정확한 방식일지도 모르겠다. 적어도 이번만큼은, 제대로 찍힌 셈이었다.

     우리가 지나쳐온 것들에 대한 이야기

Moment 04 변신로봇

나는 최근 변신로봇에 대해 생각하고 있다. 그것도 아주 심각하게. 얼마 전, 우연히 유튜브에서 변신 로봇 피규어 리뷰 영상을 보게 되었다. 별생각 없이 클릭했는데, 어느새 화면 속 장난감이 능숙하게 변신하는 모습을 넋을 놓고 지켜보고 있었다. 기술이 발전한 덕분인지, 요즘 장난감은 예전과 비교할 수 없을 만큼 정교하고 매력적이었다.

그렇게 나는 시간의 감각을 잃은 채, 한동안 화면

속 작은 로봇들이 부드럽게 변형되는 모습을 지켜보고 있었다.

한 가지 질문을 해보자. 변신로봇은 과연 본질적으로 무엇일까? 자동차였다가 로봇이 되고, 다시 자동차로 돌아가는 이 존재는 과연 자동차일까, 아니면 로봇일까? 만약 어떤 사람이 한때 요리사였지만 지금은 은행원이라면, 우리는 그를 여전히 요리사라고 불러야 할까? 그런 의문을 품고 한참을 고민하다 보니, 아침에 내린 커피가 식어 있었다.

변신로봇의 개념을 처음 접한 것은 여덟 살 때였다. 당시 나는 플라스틱으로 만든 빨간색과 파란색의 로봇을 가지고 놀았다. 그 로봇은 트럭으로 변신할 수도 있었다. 나는 그것을 변신시키면서 매번 이렇게 생각했다. '이 녀석은 지금 어떤 기분일까?' 트럭일 때는 차분한 성격이었다가, 로봇이 되면 갑자기 전투적인 성향으로 돌변하는 걸까? 아니면 그냥 아

      우리가 지나쳐온 것들에 대한 이야기

무런 감정도 없이 기계적으로 변신할 뿐일까?

만약 변신로봇이 감정을 가질 수 있다면, 그들은 변신할 때마다 혼란을 느끼지 않을까? 이를테면, 어떤 날은 자동차로 남고 싶지만, 누군가의 필요에 의해 어쩔 수 없이 로봇이 되어야 하는 상황이 벌어진다면? 인간으로 치면 월요일 아침에 억지로 출근해야 하는 것과 비슷하지 않을까? '난 오늘 자동차로만 있고 싶다고! 왜 또 전투 모드로 바꿔야 하는 거야!' 하고 변신을 거부하는 로봇이 나온다면, 그건 꽤 재미있는 일일 것이다.

그렇다면 만약 인간이 변신할 수 있다면 어떨까? 예를 들어, 낮에는 회사원으로 일하다가 밤이 되면 고양이로 변신하는 능력이 있다고 가정해보자. 대낮에는 엑셀 파일을 붙잡고 씨름하다가, 퇴근 후에는 유연하게 몸을 비틀며 소파 위에서 가만히 웅크려 있는 것이다. 어쩌면 인간도 변신로봇처럼, 역할을 끊임없이 바꾸며 살아가는 존재인지도 모른다.

그렇다면 중요한 문제는 '우리의 본래의 모습은 무엇인가?'라는 것이다. 변신로봇이 자동차와 로봇 사이에서 방황하듯, 우리 역시 직장인과 자유로운 개인 사이에서 갈등하고 있는 것은 아닐까? 나는 아침에 글을 쓰는 사람이지만, 오후에는 마트에서 세일 품목을 고민하는 사람이 되고, 저녁에는 소파에 누워 감자칩을 먹는 사람이 된다. 그렇다면 본질은 대체 무엇일까?

이 모든 생각을 하면서 나는 변신로봇 장난감을 하나 사기로 했다. 그 녀석과 함께 있다 보면, 작게나마 내 정체성에 대한 힌트를 얻을 수 있을지도 모르겠다.

 우리가 지나쳐온 것들에 대한 이야기

Moment 05 바람과의 한판 승부

며칠 전, 공원에서 산책을 하다가 아주 황당한 일을 겪었다. 그날은 평소보다 바람이 강하게 불었고, 나는 적당히 가벼운 마음으로 벤치에 앉아 있었다. 그런데 갑자기 강풍이 불더니, 내 모자가 순식간에 날아가 버렸다. 그것도 아주 우아한 곡선을 그리며, 마치 '나, 이제 자유다!'라고 외치는 듯한 기세로.

나는 반사적으로 모자를 쫓아 달리기 시작했다. 문제는 바람이 나보다 한 수 위였다는 점이다. 내가 한 걸음 내디디면 바람은 두 걸음 앞서갔고, 내가 모자를 잡으려 손을 뻗으면, 바람은 장난스럽게 방향을 바꿨다. 결국, 나는 공원 한복판에서 한바탕 우스꽝스러운 추격전을 벌이게 되었다.

생각해 보면, 바람과 싸운다는 건 꽤나 무모한 일이다. 우리는 바람을 볼 수도, 잡을 수도 없다. 그저 바람이 어디로 가는지 예측하며 따라갈 뿐이다. 마치 인생에서 우리가 계획을 세우지만, 뜻대로 되지 않는 것과 같다. 가끔은 손을 뻗으면 닿을 것 같다가도, 어느 순간 훅 하고 사라져 버린다. 그리고 그걸 붙잡기 위해 정신없이 뛰다 보면, 어느새 사람들의 시선이 따가워진다.

결국 나는 숨을 헐떡이며 모자를 포기할까 고민하던 순간, 바람도 어느 정도 만족했는지, 모자를 살짝 굴리더니 이윽고 내 앞에서 멈춰 세웠다. 나는 천천히 다가가 조심스럽게 그것을 집었다. 마치 방금까지 내

          우리가 지나쳐온 것들에 대한 이야기

내 나를 놀리던 녀석이 '됐어, 이제 가져가'라고 말하는 것 같았다.

그날 이후로 나는 이전과는 조금 다른 태도로 바람을 대하기 시작했다. 바람이 너무 세게 불 때는 무턱대고 맞서기보다는, 때를 기다리는 편이 낫다는 걸 배웠다. 그리고 가끔은 모자가 날아가는 걸 그냥 내버려 두는 것도 나쁘지 않을지 모른다. 어쩌면 바람이 정한 방향으로 가는 것도 괜찮을 테니까.

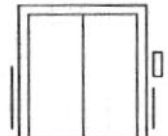

Moment 06 자동문의 심리학

며칠 전, 마트에 갔다가 자동문 앞에서 굴욕적인 경험을 했다. 양손 가득 장바구니를 들고 당당하게 걸어갔는데, 자동문이 꿈쩍도 하지 않았다. 한 걸음 물러섰다가 다시 앞으로 나아갔지만, 여전히 반응이 없었다. 어쩌면 자동문이 나를 사람으로 인식하지 못한 걸지도 모른다. '혹시 내가 투명 인간이 된 걸까?'라는 쓸데없는 생각까지 들었다. 결국 뒤에서 오던 사람이 자연스럽게 문을 통과하는 걸 보고 나서야, 내

　　　　우리가 지나쳐온 것들에 대한 이야기

가 자동문 센서에서 절묘하게 비켜서 있었음을 깨달았다.

이 일을 계기로 자동문에 대해 진지하게 생각해 보게 되었다. 자동문은 평소에는 우리가 존재하는지도 모른다는 듯이 가만히 있는다. 그러다가 우리가 일정 거리 안에 들어갈 때 비로소 반응한다. 마치 어떤 인간관계처럼 말이다. 가까이 다가가면 열리고, 너무 멀어지면 다시 닫힌다. 또 가끔은 아무리 가까이 있어도, 서로의 위치가 어긋나 있으면 열리지 않는다. 관계라는 것도 결국 그런 게 아닐까?

자동문은 또한 묘한 자존심을 가지고 있다. 자신이 열릴 타이밍이 되지 않으면 결코 움직이지 않는다. 성급한 사람이 다가와 몸을 흔들어도, 손을 휘저어도, 그들의 방식에 맞춰 주지 않는다. 자동문 앞에서 손을 흔들고 발을 굴러 보지만, 문은 개의치 않는다. 자기 나름의 원칙대로 작동할 뿐이다. 결국, 세상에는 우리의 의지와 무관하게 열리고 닫히는 문들이 있다는 사실을 인정할 수밖에 없다.

한편, 자동문이 너무 늦게 반응할 때도 있다. 특히 오래된 건물의 자동문은 거의 철학적이라고 해도 될 만큼 신중하다. 내가 문 앞에서 충분히 기다렸다는 걸 확인한 뒤에야, 천천히 결정을 내린다. 마치 '이 사람이 정말 들어갈 의지가 있는지 한번 시험해 보자'는 듯이. 그러고 보면, 어떤 기회나 만남도 이런 자동문처럼 우리를 시험할 때가 많다. 너무 조급하면 놓치고, 너무 망설이면 기회를 지나쳐 버린다.

그날 이후, 나는 자동문 앞에서 한 번 멈춰 서는 습관이 생겼다. 문이 열릴 준비가 되었는지 확인하는 것이다. 그리고 문이 열릴 때, 그 순간을 좀 더 신중하게 받아들이기로 했다. 결국, 내가 마주하는 인생의 많은 문들도 자동문과 크게 다르지 않으니까.

   우리가 지나쳐온 것들에 대한 이야기

Moment 07 우산의 공동 책임론

어제 아침, 날씨 앱을 확인했을 때는 '맑음'이었다. 당연히 우산은 챙기지 않았다. 하지만 오후가 되자 먹구름이 몰려오더니, 마치 오래전부터 준비라도 한 것처럼 비가 내리기 시작했다. 회사 앞에서 하릴없이 서 있던 나는 편의점에서 급히 우산을 하나 샀다. 무려 6,000원짜리 투명 우산이었다. 나는 그 우산을 펴고 비를 맞으며 생각했다. '이 우산의 운명은 뻔하다.'

나는 지금까지 편의점에서 수많은 우산을 샀다.

하지만 한 번도 끝까지 소유해 본 적이 없다. 우산이란 이상하게도 우리의 소유욕을 자극하지 않는 물건이다. 예를 들어, 지갑이나 스마트폰을 잃어버리면 온 세상이 무너진 것처럼 찾으러 다니지만, 우산은 잃어버려도 대개 그냥 그러려니 한다. 마치 '애초에 내 것이 아니었다'는 듯한 태도로.

사실, 우산을 잃어버리는 과정에는 일종의 공동 책임이 존재한다. 우리가 레스토랑에 들어가면서 우산을 구석에 세워두는 순간, 그것은 더 이상 온전한 내 소유물이 아니다. 누군가가 실수로 가져갈 수도 있고, 때론 어디에 뒀는지 기억하지 못할 수도 있다. 어쩌면 우산은 그렇게 끊임없이 주인을 바꿔가며 살아가는 존재일지도 모른다.

마치 세상 어딘가에서 나도 모르는 사람의 우산을 대신 쓰고 있는 것처럼.

 우리가 지나쳐온 것들에 대한 이야기

더 흥미로운 건, 우산이 종종 자신을 잊을 것을 유도한다는 점이다. 비가 내릴 때는 필사적으로 붙들고 있지만, 비가 그치고 나면 존재감이 급격히 희미해진다. 가게 앞에 두고 그냥 나와 버리거나, 지하철 손잡이에 걸어둔 채 내려버린다. 그러고 나서 몇 시간 뒤, "아, 우산!" 하고 외치지만, 이미 늦었다. 우산이란 어쩌면 우리에게 꼭 필요할 때만 의미를 가지는 존재인지도 모른다.

그렇게 나는 이번에도 새로 산 우산을 식당에 두고 나왔다. 그리고 별다른 미련 없이 집으로 돌아왔다. 어쩌면 누군가 비 오는 밤, 우산이 필요할 때 그것을 발견하고 기꺼이 사용하겠지. 그리고 또 언젠가는 그도 내 우산을 잃어버릴 것이다. 우산은 그렇게 세상을 떠돌며 우리 모두의 것이 된다.

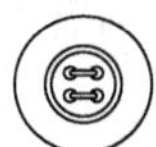

Moment 08 # 단추의 운명

나는 지금까지 수많은 셔츠를 입어 왔지만, 단추에 대해 진지하게 생각해 본 적은 별로 없다. 그러다 어느 날 문득 깨달았다. 단추는 언제나 제자리에 있는 것 같지만, 사실은 언제든 사라질 준비가 되어 있는 존재라는 것을.

단추는 처음에는 아주 당당하다. 셔츠 한가운데 줄지어 앉아, 마치 어떤 중요한 역할이라도 맡고 있는 듯 보인다. 하지만 시간이 지나면 사정이 달라진

 우리가 지나쳐온 것들에 대한 이야기

다. 단추는 점점 실밥이 헐거워지면서 위태로워지고, 결국 어느 날 툭 떨어져 나간다. 문제는 단추가 떨어지는 순간에는 늘 우리가 급할 때라는 점이다. 중요한 회의에 참석하기 직전이거나, 데이트 장소에 도착했을 때, 혹은 면접 대기실에서 마지막 점검을 하면서 깨닫는다. '아뿔싸, 단추가 사라졌네.'

잃어버린 단추를 찾는 것은 대개 무의미하다. 책상 밑을 뒤지고, 바지 주머니를 탐색하고, 침대 밑까지 기어 들어가 보지만, 단추는 흔적도 없이 사라진다. 마치 작은 구멍을 통해 다른 차원으로 이동해 버린 것처럼.

나는 가끔 이 세상 어딘가에 사라진 단추들만 모여 있는 미지의 공간이 있지 않을까 상상해본다. 거기엔 수천, 수만 개의 단추들이 굴러다니며 서로의 신세를 한탄하고 있을지도 모른다.

단추의 운명은 세 가지로 나뉜다.

첫째, 사라진다. 둘째, 다행히 발견되지만, 바느질을 할 줄 모르는 탓에 서랍 속에 영원히 보관된다. 셋째, 대체 단추로 교체된다. 그리고 여기서 발생하는 미묘한 불균형. 원래 단추들은 같은 모양과 크기로 줄지어 있는데, 유독 하나만 이상한 색과 크기로 덧붙여진다. 그 순간 셔츠는 예전과 같은 셔츠가 아니다. 단추 하나가 바뀌었을 뿐인데도 어딘가 어색하다. 마치 우리 인생에서 작은 변화가 모든 것을 바꿔 놓듯이.

그러니 단추는 우리에게 삶의 교훈을 준다. 어떤 것은 영원히 사라지고, 어떤 것은 다른 모습으로 대체되며, 어떤 것은 애초에 붙어 있지 않았던 것처럼 잊힌다. 그리고 우리는 어느 날 또 새로운 단추를 단 셔츠를 입고, 그 사실을 깨닫지도 못한 채 하루를 시작한다.

　　　　　우리가 지나쳐온 것들에 대한 이야기

Moment 09 ## 에스컬레이터의 딜레마

나는 에스컬레이터에 몸을 맡긴다. 하지만 그 길의 끝이 정말 내가 원하는 곳일까 하는 의문은 여전히 남는다. 에스컬레이터는 변함없이 같은 속도로 움직이고, 정해진 목적지로 데려다준다. 하지만 그게 과연 당연한 일인지, 가끔 생각에 잠길 때가 있다.

에스컬레이터를 타는 순간 우리는 선택권을 빼앗긴다. 올라가든 내려가든, 일단 발을 올려놓고 나면 거부할 수 없는 흐름이 생긴다. 한 걸음 더 나아가거나, 멈추거나, 심지어 뒤돌아서는 것도 불가능하다. 그저 바닥이 움직이는 대로 몸을 맡길 뿐이다. 그러니까, 에스컬레이터란 기묘한 철학적 장치인 셈이다.

나는 가끔 에스컬레이터를 타면서 이런 상상을 한다. 만약 에스컬레이터가 내 의지와는 전혀 다른 곳으로 날 데려간다면 어떨까? 3층 백화점 가전 코너에 가려 했는데, 갑자기 지하 어딘가로 빨려 들어간다거나, 혹은 알 수 없는 차원의 틈으로 사라진다거나. 어쩌면 에스컬레이터들은 우리에게 들리지 않는 언어로 서로 대화를 하고 있을지도 모른다.

"오늘은 한 명쯤 낯선 곳으로 보내볼까?"

"좋지, 조금 지루하던 참이었어."

우리가 종종 '어, 여기 아니잖아' 하고 엉뚱한 층에 내리는 것도 단순한 실수가 아니라, 에스컬레이터의 작은 장난일지도 모른다.

 우리가 지나쳐온 것들에 대한 이야기

며칠 전, 나는 에스컬레이터에서 균형을 잃고 한 발을 헛디딘 적이 있다. 아주 잠깐이었지만, 그 순간 나는 에스컬레이터가 나를 삼켜버리는 듯한 기분이 들었다. 나는 겨우 자세를 바로잡고 난간을 붙잡으며 생각했다. '그래, 너희들의 의도를 알았어. 나는 그렇게 쉽게 넘어가지 않아.'

그 이후로 나는 일부러 계단을 이용하는 일이 많아졌다. 하지만 가끔은 여전히 에스컬레이터에 몸을 맡긴다. 그 위에서 나는 생각한다. 인생도 결국 이와 비슷하지 않을까? 어딘가로 가는 줄 알았는데, 막상 도착해 보면 전혀 다른 곳일 때도 있고, 가끔은 예상과 다르게 내려가기도 하고.

나는 천천히 에스컬레이터에서 내려선다. 목적지에 도착했다. 적어도, 이번에는.

Moment 10 티백의 철학

나는 차를 마실 때마다 티백을 어떻게 할 것인가에 대해 고민한다. 컵에 넣고 몇 분 후에 꺼낼 것인가? 아니면 마지막까지 두었다가 진하게 우려낼 것인가? 혹은 애초에 티백을 두 개 넣어버릴까? 이 사소한 선택이 주는 부담감은 생각보다 크다. 인생을 살면서 이보다 더 큰 결정을 내린 적도 많았겠지만, 이상하게도 티백 하나 앞에서는 늘 망설이게 된다.

     우리가 지나쳐온 것들에 대한 이야기

티백의 운명은 정해져 있다. 뜨거운 물에 담그고, 향을 내고, 마지막엔 구겨진 채 쓰레기통으로 간다. 어떤 티백은 너무 빨리 버려지고, 어떤 티백은 한없이 물속에 머문다. 하지만 중요한 건 티백이 얼마나 오래 있었느냐가 아니라, 물속에서 어떤 맛을 냈느냐가 아닐까?

티백을 물에 담그는 순간부터 그것은 점점 자신의 본질을 물에 내어준다. 마치 우리가 살아가면서 점점 무언가를 내어주고, 한층 옅어지는 것과 비슷하다. 회사에 다니며 에너지를 소진하고, 관계 속에서 감정을 소모하고, 하루가 끝나면 티백처럼 흐물흐물해지는 기분이 들 때도 있다. 하지만 그렇게 해서라도 세상에 맛을 내는 것이 우리의 역할이 아닐까?

어떤 사람은 티백을 두세 번 다시 우려먹는다. 어떤 사람은 한 번 사용한 티백을 냉장고에 넣어 눈 찜질을 하기도 한다. 그러니까, 티백도 쓰임을 다한 후에도 또 다른 방식으로 존재할 수 있는 것이다. 인생도 그렇지 않을까? '이제 끝났다'고 생각하는 순간에도, 의외로 새로운 용도가 있을지도 모른다.

그래서 나는 오늘도 티백을 컵에 넣고, 몇 분을 기다린다. 진하게 우러날지, 연하게 남을지는 알 수 없지만, 적어도 그 순간만큼은 뜨거운 물속에서 자신을 내어주는 그 작은 잎들을 존중해 주기로 한다.

　우리가 지나쳐온 것들에 대한 이야기

Moment 11 # 바나나의 숙성에 대하여

나는 바나나를 살 때마다 한 가지 결심을 한다. 이번에는 꼭 적당한 타이밍에 먹어야지. 하지만 그 결심은 대개 이루어지지 않는다. 처음에는 적당히 단단하고 녹색이 살짝 감도는 바나나를 산다. '이틀 후쯤이면 딱 좋겠군.' 하지만 하루가 지나면 바나나는 무심하게도 노란빛을 띠기 시작한다. '아직 괜찮아, 내일 먹으면 돼.' 그런데 그다음 날이 되면, 바쁘다는 핑계로 바나나를 그냥 지나친다. 그리고 또 하루가 지나

면, 바나나 껍질에 점점 갈색 점이 생기고, 어느 순간
엔 거의 호피 무늬가 되어버린다. '음... 이제 좀 위험
한데.'

바나나는 우리에게 기회를 준다. 적당히 숙성된 시
점을 알아차리고 먹으면, 인생에서 무엇인가를 완벽
한 타이밍에 잡아낸 것 같은 기분이 든다. 하지만 그
기회를 잡지 못하면? 결국 바나나는 너무 물러져서
손으로 잡기조차 애매해진다. 혹자는 "그럼 이제 이
걸로 바나나빵을 만들면 돼"라고 말하지만, 솔직히
바나나빵을 만들어 본 적이 있는가? 나는 없다. 결국
바나나는 쓰레기통으로 가거나, 냉동실에 처박혀 영
원히 잊힌다. 마치 미루다 놓쳐버린 인생의 기회처럼.

그렇다면 바나나는 우리에게 무엇을 가르쳐 주는
가? 첫째, 완벽한 타이밍이라는 것은 존재하지만, 우
리가 그것을 맞추는 일은 쉽지 않다는 것. 둘째, 기회
를 놓쳤을 때 대안을 생각하는 것도 중요하지만, 그

   우리가 지나쳐온 것들에 대한 이야기

대안이 실제로 실행될 가능성은 극히 낮다는 것. 셋째, 때로는 그냥 '지금 먹자'고 결단하는 용기가 필요하다는 것.

다음번에는 꼭 바나나를 제때 먹겠다고 다짐하지만, 솔직히 말하면 또 같은 일이 반복될 것이다. 그렇다면 해법은 간단하다. 바나나가 익기 전에, 너무 깊이 생각하지 말고, 그냥 한 입 베어 물어버리는 것이다.

Moment 12 # 마지막 계란과 인생의 선택

어느 날 문득, 냉장고를 열었더니 계란이 하나 남아 있었다. 이럴 때마다 나는 늘 고민에 빠진다. 이 계란을 지금 먹어야 할까, 아니면 다음을 위해 남겨둬야 할까? 한 개 남은 계란이 주는 부담감은 대체 어디에서 비롯된 걸까? 계란은 본디 식재료일 뿐인데.

나는 계란을 좋아한다. 일단 삶을 수도 있고, 프라이를 해도 되고, 국에 풀어 넣을 수도 있다. 어떤 방식으로든 제법 괜찮은 요리가 된다. 하지만 막상 마

　　　우리가 지나쳐온 것들에 대한 이야기

지막 남은 계란을 먹으려 하면, 이상하게도 결정이 쉽지 않다. 마치 '이걸 먹어버리면 정말 끝이다'라는 기분이 들어서다. 그렇다고 냉장고에 계속 놔두면, 언젠가는 유통기한이 지나 결국 버려야만 한다. 인생에서도 이와 비슷한 순간이 많다. 이 기회를 지금 잡아야 할지, 아니면 조금 더 아껴야 할지. 하지만 결국 아끼다 보면 썩어버리는 경우도 있다.

결국 나는 계란 프라이를 하기로 했다. 기름을 두르고 프라이팬을 달군 뒤, 조심스럽게 계란을 깨뜨린다. 그러면 노른자가 찰랑이며 반짝인다. 나는 이 순간을 좋아한다. 세상의 모든 가능성이 아직 그대로 남아 있는 느낌이 든다. 그러나 몇 분 후, 계란은 완전히 익어버리고, 더 이상 다른 모습이 될 수 없다. 선택의 순간은 생각보다 짧다. 때를 놓치면 반숙이 아니라 완숙이 되어버린다. 인생에서도 그런 순간이 많다.

어쨌든 나는 마지막 계란 프라이를 접시에 올리고,

간장을 몇 방울 떨어뜨린다. 그리고 한입 베어 물면서 생각한다. '음, 역시 계란은 맛있다.' 그렇게 깊은 고민을 했으면서도, 결국 결론은 늘 단순하다.

어쩌면 인생도 이 계란 프라이처럼, 너무 어렵게 생각할 필요는 없을지도 모른다.

 우리가 지나쳐온 것들에 대한 이야기

Moment 13 토스터와의 이별

아침 7시 32분, 나는 늘 그렇듯이 빵 두 조각을 토스터에 넣었다. 바삭하게 구워진 식빵 위에 버터를 듬뿍 바르는 것이 나의 유일한 아침 의식이다. 커피 한 잔, 식빵 두 조각, 그리고 적당한 수준의 존재 이유. 하지만 오늘 아침, 토스터가 더 이상 작동하지 않는다는 것을 알았다.

기묘한 일이었다. 어제까지만 해도 멀쩡했다. 단 한 번도 반항한 적 없는, 충직한 가전제품이었다. 코드를 뽑았다가 다시 꽂아 보았다. 스위치를 몇 번이고 눌러 보았다. 심지어 토스터를 상냥하게 토닥이기까지 했다. 하지만 아무 소용이 없었다. 마치 언젠가부터 깊은 회의에 빠져 버린 철학자처럼, 토스터는 아무런 반응도 보이지 않았다.

나는 그동안 살아오면서 여러 번의 이별을 경험했다. 연애가 끝난 적도 있고, 자주 가던 카페가 사라진 적도 있으며, 좋아하던 책이 절판된 적도 있다. 하지만 이별은 언제나 예상치 못한 순간에 찾아오는 법이다. 토스터와의 이별 역시 그랬다. 어쩌면 토스터는 오랫동안 나의 아침을 담당하다가, '이제는 됐어'라고 스스로 은퇴를 선언한 것인지도 모른다. '네가 직접 빵을 구워 먹어도 될 때가 온 거야' 같은 심오한 메시지를 남기고 말이다.

나는 순간, 토스터의 입장이 되어 보았다. 하루도 빠짐없이 빵을 구워야 하는 삶. 그것도 늘 같은 방식

　우리가 지나쳐온 것들에 대한 이야기

으로. 조금도 벗어날 수 없는 반복. 거기엔 아무런 변화도 없고, 성취감도 없다. 심지어 아무리 훌륭하게 구워도 누구도 칭찬해 주지 않는다. '이야, 오늘 빵 정말 예술이네' 같은 말 한마디도 없이, 사람들은 아무렇지도 않게 버터를 바르고 씹어 먹을 뿐이다. 그야말로 무한한 무료함. 나는 그 고된 삶을 이해할 것 같았다. 만약 내가 토스터였다면, 어느 날 갑자기 고장 난 척을 하며 사라지고 싶어졌을지도 모른다.

결국 나는 새 토스터를 사러 나갔다. 전자제품 매장에는 다양한 토스터들이 나를 기다리고 있었다. 4단계 온도 조절 기능이 있는 토스터, 초경량 디자인 토스터, 그리고 '완벽한 크리스피함을 위한 최신 기술'이 적용된 토스터. 하지만 나는 한동안 그 앞에서 멍하니 서 있었다.

이별은 항상 새 출발을 의미한다. 하지만 그것이 반드시 즐거운 것은 아니다. 나는 조용히 한숨을 쉬고, 가장 평범해 보이는 토스터를 골랐다. 그리고 속으로 말했다. '부디 오래 버텨 줘.' 하지만 동시에, 나는 어쩌면 언젠가 또 다른 토스터가 나를 떠날 수도 있다는 사실을 깨달았다. 결국 우리 모두는 언젠가 서로를 떠나는 존재들이니까.

집에 돌아와 새 토스터를 설치하고 빵을 넣었다. 그리고 작동 버튼을 눌렀다. 딸깍. 기계는 망설임 없이 작동했고, 빵은 차분하게 구워지기 시작했다. 나는 마음속으로 약간의 안도를 느끼며, 커피를 한 모금 마셨다.

그러나 나는 안다. 언젠가 또 다른 이별이 찾아올 것임을. 어쩌면 예상보다 빠르게. 어쩌면 한 조각의 빵이 내 입속으로 들어가는 순간, 토스터는 다시금 철학적인 침묵 속으로 들어갈지도 모른다.

 우리가 지나쳐온 것들에 대한 이야기

Moment 14 바람이 불어오는 날

일요일 오후, 나는 늘 그렇듯이 커피 한 잔을 내려놓고 책상 앞에 앉았다. 창밖을 보니 늦겨울의 바람이 나뭇가지를 흔들고 있었다. 이맘때가 되면 언제나, 조금 이상한 생각들이 떠오른다. 이를테면, '바람은 어디서 오는 걸까' 같은 질문 말이다.

나는 창을 조금 열어 보았다. 찬 공기가 방 안으로 들어오며, 어제의 흔적들을 가볍게 쓸어갔다. 방구석에 놓인 신문이 바람결에 들썩였고, 탁자 위의 볼

펜이 작은 진동을 일으켰다. 나는 그것들을 가만히 지켜보며 생각했다. '바람이란 단순한 공기의 이동이 아니라, 어쩌면 세상의 흐름과 같은 것이 아닐까?' 어딘가에서 무언가가 변하면, 그것은 보이지 않는 힘이 되어 우리를 스치고 지나간다.

창밖을 보며 문득 한 사람이 떠올랐다. 오래전 알고 지냈던 한 친구였다. 그는 바람을 유난히 좋아했다. "바람이 없으면 세상은 너무 무겁게 느껴질 거야." 그는 그렇게 말하며 자전거를 타고 강변을 달리곤 했다. 나는 그의 말이 이해되지 않았다. 하지만 그는 언제나 그렇게 바람과 함께 있었다. 그리고 어느 날, 정말로 바람처럼 사라져 버렸다. 누구도 그가 어디로 갔는지 알지 못했다. 그냥 가볍게, 흔적도 없이 떠난 것이다.

커피를 한 모금 마셨다. 여전히 커피는 씁쓸했고, 여전히 창밖의 바람은 불고 있었다. 우리는 살아가면

　　　　　우리가 지나쳐온 것들에 대한 이야기

서 수많은 바람을 맞이한다. 어떤 바람은 따뜻하고, 어떤 바람은 차갑다. 어떤 바람은 등을 떠밀어주지만, 어떤 바람은 우리의 걸음을 방해하기도 한다. 하지만 결국, 우리는 그 모든 바람을 맞으며 살아간다.

다시 창문을 닫고, 나는 볼펜을 들어 무언가를 적기 시작했다. 오늘은 어떤 바람이 내게 불어오는 날일까. 그것은 아직 알 수 없지만, 어쨌든 오늘도 바람은 분다. 그리고 나는 그 바람 속에서 또 다른 하루를 살아갈 것이다.

Moment 15 하와이안 펀치

언젠가 하와이에서 하와이안 펀치를 마신 적이 있다.
여기서 '언젠가'라는 것은 10년도 더 전의 일이고, '하
와이에서'라는 것은 내가 관광객 티를 잔뜩 내면서
호놀룰루 해변을 서성이던 때이며, '하와이안 펀치를
마셨다'는 것은 정말로 마셨다는 뜻이다. 그렇게까지
어렵게 생각할 일은 아니다. 그냥 와이에서 하와이안
펀치를 마셨을 뿐이다. 하지만 중요한 건 그게 아니

    우리가 지나쳐온 것들에 대한 이야기

었다. 중요한 건, 그 하와이안 펀치가 상상했던 것과 전혀 다른 맛이 났다는 점이었다.

나는 하와이안 펀치라는 것이 무슨 신비로운 열대 과일의 정수를 모아 놓은 음료라고 생각했다. 적어도 파인애플, 망고, 패션프루트 같은 게 좀 섞여 있어야 하지 않겠는가. 그런데 한 모금 들이켰을 때의 느낌은 이랬다. '어? 이거 어디서 많이 마셔본 맛인데?' 그렇다. 하와이안 펀치는 딱 그 맛이었다. 어린 시절 여름방학에 엄마가 대충 타준 인공 과일주스의 맛. 혹은 학교 앞에서 팔던 500원짜리 슬러시 녹인 맛. 그도 아니면, 그저 설탕물에 빨간색 물감을 한 방울 떨어뜨린 맛.

하와이안 펀치는 어딘가 이상한 음료다. 일단 이름부터가 수상하다. 하와이안이라니, 이 빨간 액체가 하와이에서 만들어졌다는 걸까? 태평양 바다를 바라보며 기분 좋게 우쿨렐레를 치던 원주민이 '자, 이제 멋진 음료수를 하나 만들어볼까!' 하고 기발한 영감을 받아 만든 것일까? 천만의 말씀이다. 음료는 미국 본토에서 만들어졌고, 하와이와의 연관성은 그저 이름뿐이다. 하지만 사람들은 그 이름 덕분에, 이 음료를 마시면 왠지 모르게 하와이의 해변 어딘가에서 한가롭게 파도를 바라보는 기분이 들 것만 같은 착각에 빠진다.

그렇다면 '펀치'는 또 무엇인가? 어릴 적 나는 '펀치'라는 단어에서 복싱을 떠올렸다. 빨간색 주먹이 퍽 하고 날아와 얼굴을 가격하는 장면. 하와이안 펀치 한 모금을 들이켤 때마다, 마치 과일 주스로 맞는 듯한 느낌이 드는 것도 우연은 아닐 것이다. 그 강렬한 단맛, 입안을 꽉 채우는 인공적인 향, 그리고 마신 후에도 사라지지 않고 한참 동안 혀에 남아있는 기묘한 여운. 이것이야말로 하와이안 펀치가 가진 독특한 매력이다.

     우리가 지나쳐온 것들에 대한 이야기

미국의 마트에 가면 하와이안 펀치는 대체로 플라스틱 통에 담겨 있다. 무슨 산업용 화학물질 같은 느낌이지만, 한편으로는 묘하게 믿음직스럽다. '우리는 이걸 대량으로 만들고 있어! 이건 결코 사라지지 않아!'라고 선언하는 듯한 패키지. 그리고 그 옆에는 다양한 맛의 변종들이 줄지어 서 있다. 녹색, 파란색, 심지어 보라색까지. 하지만 나는 여전히 가장 오리지널인 빨간색 하와이안 펀치를 신뢰한다. 이 음료를 마시면서 색깔을 따지는 건 어쩐지 의미가 없는 일 같지만, 그래도 하와이안 펀치는 본래 강렬한 붉은빛을 띠어야 제맛이다.

한번은 미국의 한 다이너에서 하와이안 펀치를 주문한 적이 있다. 종업원이 이상한 눈으로 나를 쳐다봤다. '이 사람이 진지하게 이걸 마시겠다는 거야?'라는 표정. 사실 그럴 만도 하다. 하와이안 펀치는 대개 어린아이들이 마시는 음료다. 성인이 되어 하와이안 펀치를 마시는 건, 어쩌면 동심에 대한 애착이거나, 아니면 단맛에 대한 끝없는 욕망의 발현일지도 모른다. 하지만 나는 꿋꿋이 마셨다. 그리고 다시 한번 그 압도적인 단맛에 정신을 잃을 뻔했다.

나는 하와이에서 마셨던 하와이안 펀치를 다시 떠올려 본다. 맛에 대한 기억은 희미하지만, 그날의 분위기만큼은 여전히 선명하게 떠오른다. 햇살이 쨍쨍했고, 파도가 철썩였으며, 나는 빨간색 음료를 마시며 이런 생각을 했다. '그래, 뭐 어때. 하와이안 펀치가 정말 하와이에서 온 게 아니라 해도, 지금 내가 하와이에서 이걸 마시고 있으니, 이게 바로 진정한 하와이안 펀치 아니겠어?'

 우리가 지나쳐온 것들에 대한 이야기

Moment 16 # 닥터페퍼와 루트비어

어떤 음료는 처음 마신 순간부터 단번에 사랑에 빠진다. 예를 들면 갓 짜낸 오렌지 주스 같은 것. 한 모금 들이켜면 태양이 떠오르는 아침이 생각나며, '아, 이거야!'라는 탄성이 절로 나온다. 하지만 어떤 음료는 처음 마신 순간부터 당황스러움을 안겨준다. '이건 대체 뭐지?'라는 의문과 함께 말이다. 그런 음료가 있다. 그 이름은 닥터페퍼. 그리고 그 쌍둥이 형제처럼 생긴 또 하나의 음료, 루트비어.

처음 닥터페퍼를 마셨을 때 당황스러움을 넘어선 충격을 느꼈다. 분명 탄산음료인데, 왜 약국 냄새가 나는 걸까? 마치 시골 외할머니가 손수 달여주신 감기약과 콜라를 섞어 놓은 듯한 맛. 그렇다고 마시기 괴로운 건 아니다. 오히려 한 모금 더 마셔보고 싶어지는 묘한 매력이 있다. 닥터페퍼를 마시다 보면 인생이 떠오른다. 처음에는 도무지 정체를 알 수 없고, 뭔가 좀 이상한데, 이상하게 빠져든다. 그렇게 몇 번 마시다 보면 닥터페퍼 캔은 어느새 우리집 냉장고 한편을 차지하고 있다. 그러니까 이건 일종의 '탄산 철학' 같은 것이다. 쉽게 이해되지 않지만, 그래서 더 끌리는 것.

그러다 어느 날, 나는 루트비어라는 걸 접했다. 처음엔 닥터페퍼의 사촌쯤 되는 줄 알았다. 그런데 한 모금을 들이켰을 때, 알았다. 이건 그냥 사촌이 아니라 쌍둥이처럼 생긴 사기꾼이다. 닥터페퍼가 그래도

          우리가 지나쳐온 것들에 대한 이야기

어느 정도의 달콤함과 탄산의 쾌감을 가지고 있다면, 루트비어는 처음부터 끝까지 '병원 냄새'로 가득 차 있었다. 그러니까 이것은 탄산이 들어간 소독약 같은 느낌이랄까? 루트비어를 처음 마셨을 때의 충격은 지금도 잊히지 않는다. 닥터페퍼가 '묘한 매력'이라면, 루트비어는 '도전과 응전'이었다. 이걸 좋아하는 사람도 있겠지만, 나는 아직 그 경지까지는 도달하지 못했다.

그렇지만 세상에는 루트비어를 찬양하는 사람이 분명히 있다. 특히 미국에서는 햄버거와 함께 루트비어를 마시는 게 '정통'이라는 얘기도 들었다. 그런데 생각해보면, 미국이야말로 이런 황당한 조합을 자연스럽게 받아들이는 나라가 아니던가. 감자튀김을 밀크세이크에 찍어 먹는다든가, 피자에 파인애플을 올린다든가. 그러니 루트비어 정도는 그저 평범한 음료일지도 모른다.

어떤 사람은 닥터페퍼를 사랑하고, 어떤 사람은 루트비어를 찬양한다. 나는 닥터페퍼는 이해할 수 있지만, 루트비어는 아직 어렵다. 그러나 인생이란 원래 그런 것이다. 어떤 것은 쉽게 사랑할 수 있고, 어떤 것은 아무리 노력해도 영원히 낯설다. 닥터페퍼와 루트비어, 그 두 개의 이상한 음료를 마시며 나는 생각한다. 세상은 넓고, 탄산음료의 세계는 광활하다. 그리고 인간은, 결국 자신이 이해할 수 없는 것을 받아들이면서 조금씩 성장하는 게 아닐까?

  우리가 지나쳐온 것들에 대한 이야기

Moment 17 후르츠 칵테일과 통조림 속 시간

나는 어릴 때부터 후르츠 칵테일을 좋아했다. 아니, 정확히 말하면 '좋아했다'고 단정 짓기엔 애매한 감정이 있었다. 후르츠 칵테일을 떠올리면, 왠지 모르게 1980년대 어느 날 오후, 초록색 플라스틱 그릇에 담긴 채 흘러넘칠 듯이 반짝이는 과일 조각들이 떠오른다. 파인애플, 파파야, 그리고 젤라틴처럼 미묘한 탄력을 가진 코코넛 젤리. 마치 오래된 재즈바에서 마지막 곡이 흐를 때까지 바를 지키고 있는 붉은 드레스의 여인처럼 시럽 위에 조용히 떠 있는 체리 한 알. 그리고 모든 것을 하나로 묶어주는, 끈적하고 달콤하며 어딘가 허무한 설탕 시럽까지. 하지만 문제는 과일 자체보다도 그 시럽이었다. 그건 거의 '음료'가 아니라 '개념'에 가까웠다.

후르츠 칵테일을 먹을 때마다 이런 생각을 하곤 했다. '이 과일들은 대체 언제부터 이 작은 캔 속에서 서로를 바라보고 있었을까?' 어쩌면 내가 태어나기도 전에 이미 캔 속에서 시간의 흐름을 초월한 존재가 되었을지도 모른다. 마치 지구 어딘가에서 온갖 과일들이 소집되어, "좋아, 너희들은 이제 영원히 함께 지낼 거야"라는 선고를 받고 캔에 갇힌 듯한 느낌. 그러고 보면 이건 거의 과일계의 '원탁의 기사' 같은 구성이다. 서로 다른 배경을 가진 이들이 한데 모여 같은 국물(?)을 나눠 마시는 셈이니까.

나는 종종 후르츠 칵테일을 먹으면서 인생에 대해

          우리가 지나쳐온 것들에 대한 이야기

생각한다. 살다 보면 우리도 어딘가에 캔처럼 보관되는 순간이 있지 않을까? 20대의 한 시점, 혹은 30대의 어느 순간. '이제 너는 이 상태로 보존될 거야'라는 보이지 않는 시럽 속에 잠기게 되는 것 같은 기분. 그리고 그 안에서 우리는 파인애플처럼 씹히는 맛이 남거나, 파파야처럼 존재감이 흐려지거나, 혹은 체리처럼 붉게 물들어버릴지도 모른다.

후르츠 칵테일은 완벽하지 않다. 너무 달고, 너무 인공적이며, 어느 순간부턴가 그 자체로는 아무런 의미가 없는 음식처럼 느껴진다. 하지만 그럼에도 불구하고, 냉장고에 한 캔쯤 있으면 괜히 마음이 든든해진다. 인생도 그렇지 않을까? 꼭 필요하진 않지만, 있으면 묘하게 안심되는 것들. 그래서 나는 가끔 후르츠 칵테일을 사서, 초록색 그릇에 담아놓고 한 스푼씩 떠먹는다. 그리고 이렇게 생각한다. '그래, 뭐 어때. 다들 통조림 속에서 버티고 있는 거지.'

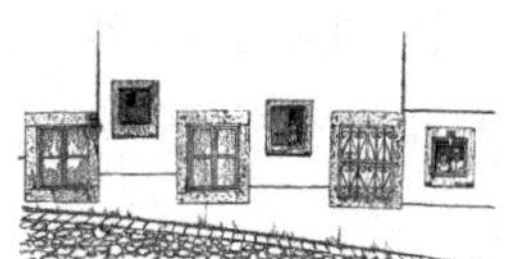

Moment 18 비 내리는 리스본의 골목길

리스본의 비는 묘한 방식으로 내린다. 이를테면, 어느 날 아침엔 해가 반짝이고 있어서 '아, 오늘은 괜찮겠군' 하고 가볍게 나섰다가도, 십 분쯤 지나면 어느 틈엔가 미세한 물방울이 공기 중을 떠돌기 시작한다. 그리고 한 시간이 지나면 어김없이 나는 비에 흠뻑 젖은 채로 리스본의 어느 골목에 서 있게 된다. 마치 어느 순간에 내 인생이 전혀 예상하지 못한 방향으로 흘러가 버린 것처럼. 하지만 이곳에서는 그런 일

 우리가 지나쳐온 것들에 대한 이야기

이 일상이다. 그런가 하면 또 어떤 날은 하루 종일 비가 내린다. 추적추적, 혹은 주룩주룩. 심지어 아무 소리도 없이 내려서 어느새 내 신발이 젖어 있는 날도 있다. 정말이지, 리스본의 비는 철저하게 자신의 의지대로 내리는 것이다. 그러니까, 나는 이 도시를 좋아할 수밖에 없다.

사실을 말하자면, 나는 원래 비를 좋아하는 편이 아니다. 비가 내리면 우산을 챙겨야 하고, 신발이 젖고, 바지 밑단이 축축해지고, 마트에서 산 종이봉투가 비에 젖어 찢어지고, 결국 길바닥에 감자 몇 개를 흘리게 된다. 감자를 주워 담으려고 쪼그려 앉았다가 가방까지 젖고, 그 순간 하필 지나가던 사람이 "괜찮아요?" 하고 말을 걸면, "네, 괜찮습니다"라고 말하기엔 뭔가 억울하고, "전혀 괜찮지 않아요"라고 말하기엔 너무 진지한 상황이 되어버린다. 그렇다고 거기서 감자를 내던지며 울 수도 없고. 아무튼, 비 오는 날에는 별의별 일이 다 일어난다.

그런데도 리스본에서 맞이하는 비는 왠지 모르게 다르다. 골목길을 따라 흐르는 빗물, 바닥에 반사된 네온사인, 한쪽 벽에서 풍겨오는 따뜻한 에그타르트 냄새, 가로등 아래에서 노래를 부르는 거리의 기타리스트. 이 모든 것이 비와 함께 묘하게 조화를 이룬다. 만약 리스본의 비가 없다면, 이 골목들은 지금보다 23% 정도 덜 매력적일지도 모른다.

비 오는 리스본의 골목을 걷다 보면, 오렌지빛 타일로 장식된 건물들이 빗물에 젖어 더욱 선명해지고, 멀리서 흘러나오는 파두(fado)의 선율이 빗소리와 섞인다. 그 순간, 내 삶은 임시적으로나마 완벽한 조화를 이루는 듯한 착각에 빠진다. 물론, 그런 조화도 오래가진 않는다. 몇 분 뒤면 나는 다시 신발이 흠뻑 젖은 채, 비에 씻겨 내려가는 종이봉투를 들고 감자를 줍고 있을 테니까.

　　　　우리가 지나쳐온 것들에 대한 이야기

그럼에도 불구하고 나는 리스본의 비를 좋아한다. 비 오는 리스본의 골목길을 걸을 때면, 어쩐지 모든 것이 의미 있어 보이고, 심지어 감자 몇 개쯤 잃어버리는 것도 그리 나쁘지 않다고 생각하게 된다. 결국, 인생이란 원래 그런 것이니까.

Moment 19 싱가포르와 빅맥

여행을 떠날 때마다 나는 하나의 확고한 원칙을 가지고 있다. 그것은 '어느 나라에 가든 맥도날드를 한 번은 꼭 가야 한다'는 것이다. 누군가는 왜 여행을 가서까지 그런 뻔한 패스트 푸드를 먹느냐고 묻겠지만, 그건 오해다. 맥도날드는 단순한 패스트 푸드가 아니다. 그것은 하나의 철학이며, 문화적 교차점이며, 변하지 않는 기준점이다. 세계 어디를 가든 맥도날드는 존재한다. 파리의 몽마르트르에도, 도쿄의 신주

　　　우리가 지나쳐온 것들에 대한 이야기

쿠에도, 이스탄불의 그랜드 바자르 근처에도 있다. 그리고 싱가포르 창이 공항 터미널 2에도 있었다. 그리고 나는 거기서, 내가 먹어본 것 중 최고로 맛있는 빅맥을 경험했다.

솔직히 말하면, 나는 원래 빅맥을 특별히 좋아하는 편이 아니다. 맥도날드에서라면 치즈버거를 더 선호하고, 프렌치 프라이과 맥너겟이 더 좋은 날도 있다. 그런데 그날, 터미널 2에서 나는 알 수 없는 끌림에 의해 빅맥을 주문했다. 마치 운명이 나를 그 방향으로 밀어 넣은 것처럼. 그리고 그 빅맥을 한입 베어 물었을 때, 깨달았다. '아, 이건 그냥 빅맥이 아니야. 무엇인가 특별한 것이야.'

왜 그렇게 맛있었는지 설명하기는 어렵다. 재료는 똑같았다. 빵, 패티 두 장, 양상추, 치즈, 피클, 그리고 그 유명한 빅맥 소스. 그런데 균형이 절묘했다. 빵은 놀랄 만큼 부드러웠고, 패티는 미묘하게도 더 촉촉하고 깊은 풍미를 가지고 있었다. 그리고 소스는? 완벽했다. 정말 완벽했다. 마치 세계 각국에서 온 미식가들이 비밀리에 모여 수십 년 동안 연구하고 조율한 끝에 탄생한 빅맥 같았다.

나는 감탄하며 빅맥을 음미했다. 그리고 생각했다. 혹시 비행기에서 내리느라 피곤했던 탓일까? 아니면 싱가포르의 습기가 내 미각을 예민하게 만든 걸까? 혹은 창이 공항 터미널 2의 공기 중에 어떤 신비한 맛 증진 효과가 있는 걸까? 어떤 이유든 상관없었다. 중요한 것은 지금 내 앞에 있는 이 빅맥이 '최고'라는 사실이었다.

나는 그날 이후로도 많은 나라에서 맥도날드를 먹었다. 런던에서도, 방콕에서도, 호이안에서도. 하지만 싱가포르 공항 터미널 2에서 먹은 빅맥은 여전히 내 기억 속에 빛나는 전설로 남아있다. 언젠가 다시 싱가포르에 가게 된다면, 그리고 다시 그 터미널 2에 도

                    우리가 지나쳐온 것들에 대한 이야기

착하게 된다면, 나는 반드시 그 맥도날드로 향할 것
이다. 그리고 똑같이 빅맥을 주문할 것이다. 그리고
한입 베어 문 뒤, 이렇게 말할 것이다.

'역시, 이 빅맥은 최고야.'

Moment 20 구아바와 이구아나

구아바를 생각하면 이구아나가 떠오른다. 이유는 잘 모르겠다. 아마 발음이 비슷해서일지도 모른다. '구아바'라고 말하면 혀끝에서 자연스럽게 '이구아나'가 따라나온다. 구아바, 이구아나, 구아바, 이구아나. 몇 번 반복하다 보면 어쩐지 주문 같기도 하고, 잊어버린 옛 친구의 이름 같기도 하다.

그렇다면 이구아나는 구아바를 먹을까? 문득 궁금해져서 인터넷을 검색해 보았다. 결론부터 말하자

우리가 지나쳐온 것들에 대한 이야기

면, 먹는다. 그러니까 아주 좋아하는 건 아니지만, 싫어하지도 않는다는 애매한 태도다. 쉽게 말해, 그럭저럭 먹을 만한 음식이긴 하지만 구아바가 없다고 해서 굳이 찾아 나서지는 않는다는 정도랄까. 왠지 나와 비슷하다고 생각했다. 나도 구아바를 딱히 찾아다니지는 않는다. 하지만 누군가 권하면 거절하지 않는다. '주어진다면 기꺼이 먹지만, 그렇다고 찾아 나서지는 않는 과일' 리스트에 구아바는 언제나 올라 있다. 그리고 아마 이구아나도 그렇게 생각하고 있을 것이다. 물론 이구아나가 정말 그런 생각을 하는지는 모르겠지만.

이구아나가 구아바를 먹는 장면을 상상해 보았다. 커다란 눈을 깜빡이며 천천히 입을 벌리고, 길쭉한 혀로 구아바를 살짝 핥아본 뒤, 어쩐지 고민스러운 표정을 짓는다. '이걸 먹어야 하나 말아야 하나.' 하지만 결국 한 입 베어 물고는, "음, 나쁘지 않군" 하고 혼잣말을 하는 것이다. 그리고 다시 천천히 우적우적 씹으며, "이런 맛이었군, 구아바란 건" 하고 조용히 깨달음을 얻는다. 그리고 어쩌면, 내게도 한 조각 내밀며 이렇게 말할지도 모른다.

"너도 한입 먹을래?"

그렇게 상상하고 보니, 이구아나가 내게 구아바를 권하는 장면이 꽤 자연스럽게 느껴졌다. 나는 과일 한 조각을 받아들며 대답할 것이다. "고마워, 이구아나. 하지만 난 원래 그렇게까지 구아바를 좋아하는 건 아니야." 그러자 이구아나는 어깨를 으쓱하며 말하겠지. "나도 그래."

이상한 이야기 같지만, 세상에는 그런 관계도 있는 법이다. 서로를 잘 알지도 못하고, 특별히 애정을 가지고 있지도 않지만, 어쩐지 함께 있을 때 나쁘지 않은 관계. 구아바와 이구아나처럼. 그렇게 생각하니, 어쩌면 나는 언젠가 이구아나를 키우게 될지도 모른

     우리가 지나쳐온 것들에 대한 이야기

다. 그리고 가끔, 아주 가끔 구아바를 사다 줄지도 모른다. "자, 이구아나. 네가 아주 좋아하는 건 아니지만, 그래도 먹을 수는 있는 과일이야." 그러면 이구아나는 길쭉한 혀로 구아바를 한 번 핥아보고, "고마워. 너도 한입 먹을래?" 하고 내게 묻겠지. 그리고 나는 역시 주어진다면 거절하지 않을 것이다.

Moment 21 타르트 타탱과 우주의 질서

딱 한 번, 음식을 먹으면서 철학적인 깨달음을 얻은 적이 있었다. 그건 다름 아닌, 타르트 타탱 때문이었다. 타르트 타탱, 그러니까 뒤집힌 사과 타르트 말이다.

이야기는 이렇게 시작된다. 프랑스 소설을 읽고 있던 어느 한여름 오후였다. 구체적으로 말하면, 알베르 카뮈의 '이방인'을 읽고 있었다. 태양이 작열하는 해변에서 한 남자가 권총을 쏘는 장면이 나오는데, 그 장면을 읽고 있자니 나도 모르게 입안이 바싹 마

우리가 지나쳐온 것들에 대한 이야기

르는 듯한 기분이 들었다. 그러다 문득, 요 며칠 제대로 된 디저트를 먹지 않았다는 사실을 깨달았다.

'그래, 타르트 타탱이나 먹으러 가자.'

결심한 직후 근처의 프랑스풍 카페로 향했다. 무심코 메뉴를 넘기다 보니 타르트 타탱이 눈에 들어왔다. '운명적인 선택이군' 하고 생각하며 주문을 넣었다. 곧이어 따뜻한 타르트 타탱 한 조각과 아이스크림 한 스쿱이 내 앞에 놓였다.

나는 천천히 포크를 들어 타르트를 한 입 베어 물었다. 그리고 그 순간, 머릿속에서 우주의 질서가 정렬하는 느낌이 들었다. 설탕과 버터에 절여진 사과가 캐러멜화되면서 만들어진 달콤하고 깊은 풍미, 바삭하면서도 촉촉한 반죽, 그리고 그 위에서 녹아내리는 차가운 바닐라 아이스크림. 완벽한 조합이었다.

문득 이런 생각이 들었다. 이 디저트는 애초에 실수에서 탄생한 것 아닌가? 전해지는 이야기로는, 프랑스의 타탱 자매가 실수로 사과를 팬에 먼저 넣고 구워버리는 바람에 탄생한 것이 이 타르트 타탱이라고 한다. 그런데 그 실수로 인해 지금 우리는 이렇게 훌륭한 디저트를 먹고 있다. 다시 말해, 실수가 반드시 나쁜 결과를 초래하는 것은 아니라는 것이다. 오히려 실수가 새로운 가능성을 열어줄 수도 있다.

이쯤 되니 내 인생의 크고 작은 실수들이 떠올랐다. 버스를 잘못 탄 덕에 우연히 발견한 멋진 서점, 실수로 보낸 이메일 덕분에 시작된 친구와의 대화, 방향을 착각해 길을 잃고 나서야 알게 된 새로운 거리. 결국, 우리는 완벽하게 계획된 삶을 사는 것이 아니라, 실수와 우연이 얽히고설킨 길 위에서 살아가고 있는 것이다.

나는 타르트 타탱을 마저 먹고 커피 한 모금을 들이켰다. 그리고 속으로 생각했다. '아, 우주는 이렇게 작동하는 거구나.'

   우리가 지나쳐온 것들에 대한 이야기

그날 이후로, 나는 인생에서 예상치 못한 일이 생길 때마다 타르트 타탱을 떠올린다. 그리고 이렇게 말한다.

'괜찮아, 어쩌면 이건 뒤집힌 사과 타르트 같은 걸지도 몰라.'

Moment 22 # 봄꽃은 지고, 바다는 춤추고

서울에서 부산으로 가는 KTX에 몸을 실었다. 가족 모임에 참석하기 위함이다. 창문 밖으로 스치는 풍경은 늦겨울과 초봄 사이 어딘가를 헤매고 있었다. 푸른 하늘과 아직은 앙상한 가지들, 가끔씩 눈에 들어오는 흐드러진 꽃잎들이 묘한 대비를 이뤘다. 이런 계절의 모호함 속에서 나는 열차 좌석 앞에 꽂힌 잡지를 펼쳤다. '황홀한 찰나 봄꽃 마중'이라는 제목이 눈에 들어왔다.

 우리가 지나쳐온 것들에 대한 이야기

'찰나'라는 단어는 왠지 모르게 매력적이다. 손에 넣으려는 순간 사라져 버리는 것 같은 느낌이 든다. 봄꽃도 그렇다. 벚꽃은 피었다 하면 지고, 개나리는 어느새 푸른 잎으로 변해 버린다. 그 찰나의 순간을 붙잡을 수 있을까? 불가능하다. 그것은 바람과 같고, 꿈과 같고, 내 월급처럼 순식간에 사라지는 것이다.

나는 잠시 창밖을 바라봤다. 들판 위로 노란 유채꽃이 펼쳐졌다가, 어느새 사라졌다. 사진을 찍을까 생각했지만, 손을 뻗기도 전에 풍경이 바뀌어 버렸다. 마치 우리 앞을 지나가는 강아지를 쓰다듬으려다 놓쳐버린 기분이랄까. 순간을 붙잡는다는 건 원래 그런 것이다. 사진은 순간을 포착할 수 있지만, 그 순간의 바람과 향기는 담을 수 없다. 결국 중요한 것은 기억 속의 잔상뿐이다.

잡지를 넘기다 보니 '춤추는 시간의 바다, 삼척'이라는 제목이 보였다. 시간의 바다가 춤을 춘다고? 흥미로운 표현이었다. 생각해 보면 바다도, 시간도 늘 흐르고 있다. 하지만 그 흐름이 직선적이지 않다. 파도가 밀려왔다가 사라지는 것처럼, 시간도 반복된다. 우리가 과거를 기억하는 방식도 비슷하다. 특정한 순간이 문득 떠오르는가 하면, 어떤 기억은 영원히 사라진다. 그리고 언젠가 우리는 깨닫게 된다. 처음부터 모든 것은 붙잡을 수 없는 것이었다는 사실을.

삼척의 바다는 오래전 여행에서 본 적이 있었다. 해변에 서서 파도를 바라봤다. 그 순간, 파도는 밀려오고 있었고, 나는 그것을 바라보고 있었다. 그것뿐이었다. 하지만 나중에 그 순간을 떠올려 보면, 거기엔 바람이 불고 있었고, 파도의 냄새가 났고, 해변 저편에는 누군가가 이름 모를 노래를 흥얼거리고 있었다. 기억이란 늘 그렇게 재구성된다. 그리고 우리는 그것을 진짜라고 믿는다.

 우리가 지나쳐온 것들에 대한 이야기

기차는 빠르게 달리고 있었다. 창밖 풍경은 계속 변했고, 나는 여전히 같은 자리에 앉아 있었다. 봄꽃이 바람에 날리고, 바다의 파도가 일렁이고, 시간은 춤을 추며 흘러간다. 나는 그것들을 바라보면서, 잠시 그것들을 붙잡아 보려 했다가, 이내 포기했다. 그것이 가장 자연스러운 일이니까.

Moment 23 ## 신발과 인생의 오차

토요일 오후, 나는 아내의 명령을 받고 다이소에 갔다. 임무는 단순했다. 210 사이즈인 아들의 실내화를 사 오는 것. 그야말로 군더더기 없는 명확한 목표였다. 나는 잠시 스타벅스에서 커피를 한잔하고 갈까, 생각했지만, 그러다 늦으면 괜히 불필요한 가정 내 갈등을 유발할 가능성이 높았다. 일은 최대한 빠르고 정확하게 끝내는 것이 좋다.

 우리가 지나쳐온 것들에 대한 이야기

다이소 실내화 코너에 도착하니, 신발들이 마치 장기 말처럼 반듯하게 정렬돼 있었다. 200, 210, 220, 230... 인간의 발이 애초부터 10mm 단위로만 성장하도록 설계된 것은 아닐 텐데, 왜 신발은 늘 10mm 단위로 나올까? 만약 어떤 아이가 213mm의 발을 가지고 있다면? 그는 영원히 살짝 끼거나 헐렁한 신발을 신고 살아야만 하는 걸까? 마치 철저하게 구획된 세상에서 애매한 틈새에 끼어버린 존재처럼?

나는 210을 골라 들었다. 하지만 혹시 몰라 아내에게 전화를 걸었다.

"210 맞지?"

"응, 210 맞아."

아내는 단호했다. 그렇다면 문제없다. 나는 확신을 가지고 계산대로 향했다. 인간은 때때로 자기 확신이 필요하다. 나는 다이소에서 신발을 사고 나오는 동안, 세상에 대한 작은 승리를 거둔 기분이 들었다.

그러나 집에 도착하자마자 그 승리는 무너졌다. 아들이 신발을 신어 보더니 곧바로 인상을 찌푸렸다.

"아빠, 이거 작아."

나는 순간 방금 전의 전화 통화를 떠올렸다. 확실히 210이라고 했다. 하지만 현실은 잔혹했다. 아들의 발은 신발 안에서 벽에 부딪힌 탐사선처럼 앞쪽에 밀착되어 있었다. 그는 한 발을 툭툭 털고 신발을 벗었다. "이건 도저히 못 신겠어."

나는 실내화를 바라보았다. 마치 복권을 긁었는데 500원짜리 당첨이 나온 것 같은 기분이었다. 애매하게 맞지 않는 결과. 혹시 신축성이 있어 발이 들어가면 알아서 늘어나지는 않을까 싶어 밑창을 눌러 보았지만, 고무 밑창은 단단했다. 변할 생각이 없어 보였다.

아내는 한숨을 쉬었다.

"그러니까 220을 사야 했다고."

 우리가 지나쳐온 것들에 대한 이야기

나는 아무 말도 하지 않았다. 다이소는 불과 10분 거리에 있었다. 하지만 이제 그 10분이 몹시 길게 느껴졌다. 나는 비닐봉지를 다시 들었다. 다이소로 돌아가야 하는 운명이었다. 마치 모노폴리 게임에서 '출발지로 돌아가시오' 카드를 뽑은 기분이었다.

다시 다이소로 가는 길, 나는 생각했다. 혹시 우리 삶도 이런 것이 아닐까?'모든 걸 완벽하게 준비하고, 신중하게 확인했는데도 결국 어딘가에서 삐끗하고 마는 것. 우리가 어떤 선택을 하든, 결국 다시 돌아가야 하는 순간이 온다는 것.

다이소에 도착해 나는 220 사이즈를 골라 들었다. 하지만 또다시 고민이 시작됐다. 너무 크면 어떡하지? 혹시 215가 필요했던 것은 아닐까? 그러나 215 같은 것은 존재하지 않는다. 세상은 그렇게 세분화된 선택지를 허락하지 않는다. 우리는 늘 약간 작은 신발을 신거나, 약간 큰 신발을 신은 채 살아가는 것이다.

나는 다시 아내에게 전화를 걸었다. 벨이 두 번 울리는 동안 깨달았다. 어쩌면 정답 같은 건 없을지도 모른다. 우리가 선택한 것이 결국 정답이 되는 것인지도.

 우리가 지나쳐온 것들에 대한 이야기

Moment 24 토요일 오후의 스타벅스

토요일 오후 스타벅스에서 시간을 보냈다. 별로 특별할 것도 없었다. 창가에 앉아 아메리카노를 마시며 사람들을 바라보고, 노트북을 열어 몇 줄의 글을 적다가 지우기를 반복했다. 이런 오후를 몇 번이고 반복하면 어느새 일 년이 지나고, 그러다 보면 또 한 해가 가겠지, 하고 생각했다.

스타벅스에는 다양한 사람들이 있었다. 옆자리에는 시험공부를 하는 대학생이 앉아 있었고, 맞은편

테이블에서는 젊은 커플이 조용한 목소리로 대화를 나누고 있었다. 그중 한 사람이 "그러니까 결국 우리가 원하는 건 뭘까?"라고 물었다. 상대방이 대답하기 전에 나는 상상해 보았다. 아마 사랑, 안정, 혹은 따뜻한 라테 한 잔 정도? 하지만 그 대답은 들을 수 없었다. 노이즈 캔슬링 이어폰을 끼고 있었으므로.

창밖을 보니 바람이 조금씩 불고 있었다. 가로수 잎이 흔들리고, 도로를 가로지르는 사람들이 어깨를 움츠렸다. 한 남자가 커다란 개를 데리고 지나갔고, 개는 주인보다 훨씬 기분 좋아 보였다. 어쩌면 개들은 우리가 알지 못하는 어떤 단순하고 중요한 것을 알고 있는지도 모른다. 이를테면 바람의 냄새 같은 것.

나는 노트북을 덮고 커피를 한 모금 마셨다. 여전히 따뜻했다. 몇 초 후, 한 모금 더 마셨다. 조금씩 식어 가는 커피를 마시는 것은 마치 우리가 살아가는 과정과 비슷했다. 처음에는 뜨겁고, 점점 미지근해지

     우리가 지나쳐온 것들에 대한 이야기

고, 결국 차가워지는 것. 그래도 나는 마지막 한 방울까지 남기지 않고 마셨다. 버리는 것은 언제나 아까우니까. 어느 순간, 음악이 바뀌었다. 익숙한 멜로디가 흘러나왔다. 어디선가 들어본 곡이었다. 언젠가의 어느 오후, 혹은 몇 년 전의 어느 카페에서. 음악이란 그런 것이다. 잊고 있던 기억을 갑자기 불러오는 힘이 있다. 하지만 나는 그 기억이 정확히 무엇이었는지 떠올리지 못했다. 다만 어딘가에서 이 곡을 들으며 커피를 마셨다는 사실만 남아 있었다.

창밖을 보니 남자는 이미 사라지고 개만이 혼자서 길을 건너고 있었다. 나는 잠시 그 모습을 바라보다가 가방을 챙겼다. 커피를 다 마셨으니, 슬슬 나갈 시간이 된 것이다. 스타벅스를 나서며 나는 생각했다. 결국 우리가 원하는 건 뭘까? 아마도 사랑, 안정, 혹은 따뜻한 라테 한 잔 정도? 정확한 대답은 알 수 없었다. 하지만 적어도, 이 커피 한 잔은 나쁘지 않았다.

Moment 25 전투력 측정기

어느 날 문득, 카페 창가에 앉아 지나가는 사람들을 바라보다가 전투력 측정기를 떠올렸다. 정확히 말하면, 그보다는 그 개념이 갑자기 튀어나온 셈이었다. 커피를 한 모금 마시는데 '테이블에 앉아 있던 남자의 기운을 측정할 수 있다면?' 하는 생각이 들었다. 그는 잔을 손에 쥔 채 깊은 한숨을 내쉬었다. 전투력 '1.2' 아주 인간적인 수치였다.

  우리가 지나쳐온 것들에 대한 이야기

처음으로 전투력 측정기가 등장한 것은 '드래곤볼'이었다. 스카우터라고 불리는 작은 장치를 눈에 걸치고 숫자를 확인하는 장면은 꽤나 인상적이었다. 처음에는 나름의 신뢰성이 있었다. '5,000? 오, 강하군.' '8,000? 이 녀석, 꽤 하는데?' 하지만 어느 순간부터 모든 것이 뒤틀리기 시작했다. 손오공의 전투력이 9,000을 넘었을 때, 베지터가 소리쳤다. "이건 말도 안 돼!" 그리고 정말로 말도 안 되는 숫자가 쏟아져 나왔다. '1억, 10억, '계측 불가.' 그 지점에서 나는 알게 되었다. 이 게임의 끝이 없다는 것을.

이후에도 비슷한 개념은 수많은 만화에 등장했다. '헌터×헌터'의 넨 능력 측정, '나루토'의 차크라 레벨, '원펀맨'의 재해 레벨, '블리치'의 영압 수치 등. 강함을 수치로 환산하는 일은 여전히 매력적이었지만, 결국 이야기의 흐름 속에서 그 숫자들은 점점 희미해졌다. 단순한 측정기로 한계를 규정할 수 없을 정도로 강해지는 캐릭터들이 등장하면, 어느새 독자들은 숫자가 아니라 분위기로 강함을 이해하게 된다.

전투력이라는 개념은 어느 순간부터 숫자가 아니라 직관의 영역으로 넘어갔다. 공기를 흔드는 기세, 발밑이 무너지는 압도감, 심지어 단순한 눈빛 하나. 초창기에는 '5,000이야? 그럼 내가 이길 수 있겠군.' 하는 식의 논리가 성립했지만, 어느 순간 '수치 따위는 의미 없어'라는 대사만이 남았다. 그리고 우리는 모두 그것을 당연하게 받아들이게 되었다.

어쩌면 우리는 애초부터 숫자에 의존하지 않아도 되었을지도 모른다. 길을 가다 마주친 고양이가 자신을 바라볼 때, 우리는 그 시선에서 온순함과 경계를 읽어낸다. 마트에서 줄을 서면서 앞사람의 등에서 조급함을 감지하고, 회사에서 상사의 한숨에서 피로도를 측정한다. 이 모든 것이, 전투력 측정기보다 훨씬 정교한 평가 방식이 아닐까?

　　　　우리가 지나쳐온 것들에 대한 이야기

그럼에도 불구하고 사람들은 여전히 숫자를 원한다. 얼마나 강한가, 얼마나 빠른가, 얼마나 효율적인가. 그리고 만화는 그 숫자가 더 이상 감당할 수 없는 지점에까지 도달하면, 결국 다시 인간의 감각과 본능으로 회귀한다.

다시 말해, 전투력 측정기의 종말은 단순한 장치의 고장이 아니라, 우리가 원래부터 필요로 하지 않았던 것을 붙잡고 있었음을 깨닫는 과정인지도 모른다.

Moment 26 DUNKIN DONTS와 밤의 철학

밤공기는 상쾌했다. 가로등이 비치는 보도블록 위를 천천히 걸었다. 바람이 살짝 불어올 때마다 내가 어디론가 향하고 있다는 사실이 조금은 위안이 되었다. 목적지는 정해져 있었다. 던킨 도너츠. 그러나, 도넛을 꼭 사야만 하는 것은 아니었다. 그냥 그곳에 간다는 행위 자체가 중요한 것이었다.

멀리서 익숙한 간판이 보이기 시작했다. 그러나 뭔가 이상했다. 한쪽 불이 나갔는지, 'DUNKIN DO-

 우리가 지나쳐온 것들에 대한 이야기

NUTS'가 아니라 'DUNKIN DONTS'라고 쓰여 있었다. DONTS라니. 하지 말라고? 갑자기 뭔가 잘못된 세계에 발을 들인 것 같은 기분이 들었다. 마치 누군가가 몰래 다가와 귓가에 속삭이는 것 같았다. "오늘은 도넛을 먹지 않는 게 좋을지도 몰라요." 하지만 이런 이상한 신호를 심각하게 받아들일 만큼 나는 어리석지 않았다. 적어도 도넛을 사기 전까지는.

나는 문을 열고 안으로 들어갔다. 가게 안은 예상대로였다. 진열장엔 반짝이는 도넛들이 가지런히 놓여 있었다. 바깥세상이 "하지 말라"고 속삭이든 말든, 이곳에서는 그런 건 아무런 의미가 없어 보였다. 설탕을 잔뜩 머금은 크룰러, 유약처럼 빛나는 글레이즈드, 초콜릿으로 완전히 덮인 도넛까지. DONTS? 그런 건 없었다. 오히려 "해야 한다(Do)"라는 확신으로 가득 차 있었다.

“글레이즈드 하나 주세요.” 나는 말했다. 직원은 특별한 감정도 없이 도넛을 건넸다. 이 모든 것 중에 유일하게 어색한 사람은 나뿐이었다. 나는 조용히 도넛을 받아 들고 한 입 베어 물었다. 달콤함이 혀끝에 퍼졌다. 아, 역시 도넛은 '해야 하는' 것이었다.

밖으로 나와 다시 간판을 바라보았다.

“DUNKIN DONTS.”

나는 생각했다. 세상에는 수많은 DONTS가 있다. 야식을 먹지 말라든가, 늦은 밤에 감성적으로 변하지 말라든가, 충동적으로 사랑에 빠지지 말라든가. 하지만 어떤 DONTS는 결국 어기게 마련이다. 도넛처럼.

나는 천천히 걸으며 남은 도넛을 또 한 입 베어 물었다. 그리고 생각했다. DONTS가 뭐라고 하든, 나는 할 것이다. 적어도 도넛을 먹는 것만큼은.

     우리가 지나쳐온 것들에 대한 이야기

Moment 27 초콜릿에 관하여

이상하게도, 초콜릿을 먹을 때면 그 순간 특별한 느낌이 든다. 무언가 잘못된 것일지도 모르지만, 나는 언제나 초콜릿을 손에 쥐면 마치 그것이 나의 하루를 완벽하게 만들어 줄 것 같은 기분에 빠진다. 초콜릿은 단순한 과자가 아니다. 그것은 나의 일상에서 가장 작은 기쁨 중 하나이며, 이 세상에서 가장 바쁜 순간에도 잠시 멈춰서 나를 다독여주는 작은 위로와 같다.

어린 시절, 나는 초콜릿을 그저 달고 맛있는 음식으로만 알았다. 하지만 시간이 흐르고, 초콜릿을 먹는 순간은 단순히 입맛을 만족시키는 것 이상의 의미를 갖기 시작했다. 한 조각의 초콜릿이 내 입 안에서 녹아내리는 그 순간, 나는 과거의 몇 가지 기억을 되돌아보게 된다. 물론 초콜릿을 먹는 동안 그런 생각을 고백하려는 것이 아니라, 그저 초콜릿이 내게 주는 감각적인 충격이 내 머릿속의 다양한 기억과 연결되는 것이다.

그리고 어느 날, 초콜릿을 먹는다는 행위가 나에게 중요한 것처럼, 그 순간에 집중하는 것 또한 중요한 일이라는 걸 깨달았다. 일상의 바쁜 속도 속에서, 우리는 종종 작은 순간들을 놓치고, 그것들이 얼마나 소중한지 깨닫지 못한다. 초콜릿을 먹을 때마다 그런 생각이 떠오른다. 그 한 조각의 초콜릿이 내게 중요한 이유는 그것이 내 삶에서 아주 잠깐이지만 여유

   우리가 지나쳐온 것들에 대한 이야기

를 주기 때문이다. 초콜릿을 씹는 동안, 나는 지금 이 순간에 집중할 수 있다. 다른 것들은 모두 잠시 뒤로 미뤄두고, 그 초콜릿만큼은 온전히 즐기겠다고 다짐할 수 있는 시간이 된다.

아마도 초콜릿을 통해 내가 찾은 것은 단순한 달콤함 그 이상의 무엇일 것이다. 그것은 나를 다른 사람들과 연결시켜주는 매개체가 되기도 한다. 예를 들어, 오래된 친구가 나에게 초콜릿 한 상자를 선물했을 때, 그 초콜릿은 단순한 음식이 아니라 그 사람과의 시간, 추억, 그리고 감정이 담긴 선물이 되었다. 초콜릿 하나가 어떻게 사람들의 기억 속에 강렬한 흔적을 남길 수 있는지, 그것은 마치 인생에서 가장 중요한 순간을 떠올리게 하는 키가 될 수 있음을 알게 되었다.

초콜릿을 만드는 데는 많은 정성과 시간이 든다. 재료들도 까다롭고, 완벽한 맛을 만들어내기 위한 기술도 필요하기 때문이다. 그러나 초콜릿을 먹는 순간, 그 모든 과정을 지나치게 생각할 여유는 없다. 우리는 그저 초콜릿이 내 입 안에서 녹아내리는 순간을 즐기면 된다. 이처럼 삶도 마찬가지인 듯하다. 우리는 그저 순간을 즐기면 된다고 생각하면서도, 그 순간이 지나고 나면 그때의 감정이나 기억이 어떻게든 내 마음에 남아 있다는 것을 느낀다.

초콜릿은 분명히 인간의 고유한 욕망을 자극하는 달콤한 유혹일 수 있지만, 그 안에는 그 이상의 것들이 담겨 있다. 그 단순한 초콜릿 한 조각이 주는 기쁨은 어쩌면 인생의 가장 작은 행복들을 떠올리게 하는 열쇠일지도 모른다. 그렇다면, 나는 오늘도 초콜릿을 먹을 것이다. 그리고 그 한 조각의 초콜릿 안에 담긴 의미를 되새기며, 잠시 여유를 즐길 것이다. 그것이 바로 초콜릿이 내게 주는 가장 큰 선물일지도 모르겠다.

Moment 28 아침의 커피와 우주의 실수

여느 때와 다름없는 아침이었다. 창문 틈으로 햇살
이 부드럽게 스며들었고, 라디오에서는 차이콥스키
의 교향곡이 흘러나오고 있었다. 나는 평소처럼 커피
를 내리고 신문을 펼쳤다. 그리고 바로 그 순간, 세상
이 흔들렸다.

아니, 적어도 내 발밑은 확실히 흔들렸다.

"쿵."

솔직히 말해서, 나는 이런 일이 벌어질 가능성이 0.0001% 정도라고 생각했다. 지진인가 싶었지만, 커피잔은 테이블 위에서 꼼짝도 하지 않았다. 그렇다면? 나는 슬리퍼를 질질 끌며 창밖을 내다보았다. 마당 한가운데, 어딘가에서 떨어져 내려온 금속 덩어리가 웅크리고 있었다. 아니, '웅크린다'는 표현이 맞을까? 마치 우주에서 엄청난 실수를 저지르고 지구로 쫓겨난 것처럼 초라하게 주저앉아 있었다.

나는 한동안 그것을 바라보았다. 저게 뭐지? 냉장고? 아니면 초대형 캔 따개? 가까이 다가가 보니 표면은 검게 그을려 있었고, 무슨 암호 같은 기호들이 여기저기 새겨져 있었다. 왠지 유럽산 전자제품의 뒷면을 보는 기분이었다. "사용 전 반드시 전원을 연결하세요" 같은 안내 문구가 적혀 있을 법한 분위기였다. 자세히 보니 NASA에서 쏘아올린 로켓의 파편이었다. 사실 이것은 거짓말이다. 하지만, 만약 정말로

   우리가 지나쳐온 것들에 대한 이야기

내 앞마당에 로켓이 떨어진다면?

로켓은 종종 엉뚱한 곳에 떨어진다. 1979년, 호주 시골 마을에 미국의 스카이랩 우주정거장 잔해가 떨어졌고, 1969년에는 조지아주의 어느 들판에서 인공위성 조각이 발견되었다. 그리고 최근에는 폴란드의 어느 가정집 마당에도 스페이스X의 로켓 파편이 떨어졌다. 과학은 위대하지만, 중력은 가끔 장난을 친다. 나는 신문을 접고 다시 커피를 마셨다. 내 마당에 로켓이 떨어질 확률은 로또에 당첨될 확률보다 낮겠지만, 확률이란 언제나 예상치 못한 순간에 발목을 잡는다. 만약 로켓이 정말 떨어진다면? 이웃들은 카메라를 들고 몰려들 것이고, 뉴스 기자들이 현장을 중계하며 "조용한 마을의 우주 비상사태" 같은 제목을 달겠지.

NASA 연구원들은 백발백중 심각한 표정을 지으며 "음… 흥미롭군요"라고 할 것이고, 나는 인터뷰에서 "제가 원했던 건 평온한 일상이었는데요"라고 답할 것이다. 하지만 현실은 여전히 조용했다. 창밖에서는 새들이 평온하게 지저귀고 있었고, 마당 한가운데는 여느 때처럼 잔디가 푸르게 자라고 있었다. 나는 신문을 다시 펼쳤다.

하지만 문득 이런 생각이 들었다. 혹시 내가 모르는 사이에 로켓이 이미 한 번 떨어진 적이 있는 것은 아닐까? 내가 잠든 사이에, 혹은 잠시 부엌에서 계란 프라이를 뒤집는 동안. NASA 연구원들이 새벽 몰래 와서 조용히 회수해 간 것은 아닐까? 어쩌면, 정부는 이 모든 걸 감추고 있고, 내 마당은 일종의 비밀 실험장이 되어 있는 것일지도 모른다. 아, 그럼 이건 안 되겠군. 다음에 앞마당에 뭔가 이상한 게 떨어져 있으면 냅다 숨겨야겠다. 인터넷에서 '로켓 잔해 판매'를 검색해보는 것도 나쁘지 않을 것 같다.

   우리가 지나쳐온 것들에 대한 이야기

나는 다시 커피를 마셨다. 이건 분명 말도 안 되는 상상이지만, 어쩌면 그런 일이 일어나도 전혀 이상하지 않은 세상인지도 모른다. 로켓이 마당에 떨어지는 것보다, 내가 로켓을 발견하고도 무심하게 지나가는 게 더 기묘한 일 아닐까?

아무튼, 오늘은 여전히 조용하다. 나는 커피잔을 비우고, 다시 신문을 읽기 시작했다. 마치 그 어떤 것도 일어나지 않은 것처럼. 혹은, 어떤 일도 언제든 일어날 수 있는 것처럼.

Moment 29 슈퍼맨의 복장에 관하여

어느 날 아침, 나는 슈퍼맨의 복장에 대해 생각했다. 사실 그것은 처음 해본 생각은 아니었다. 어린 시절, 지루한 학급 회의 중 창밖을 바라보다가 떠올려본 적이 있는 생각이었다. 그때 나는 푸른 하늘을 날아가는 슈퍼맨의 모습과 그의 붉은 망토가 바람에 휘날리는 장면을 머릿속으로 그려보았다. 그러다 문득 의문이 들었다.

'왜 저렇게 입었을까?'

우리가 지나쳐온 것들에 대한 이야기

슈퍼맨의 의상은 사실상 이상하다. 초인적인 힘을 가진 그가 굳이 몸에 딱 달라붙는 푸른색 쫄쫄이를 입고, 가슴팍에는 커다란 'S' 마크를 붙이며, 허리에는 빨간 팬티를 걸친다. 게다가 망토라니. 그는 도대체 언제부터 그렇게 과감한 패션을 선택하게 되었을까? 아니, 애초에 누구를 위해 이렇게 입은 걸까?

도시의 창문을 스쳐 가는 바람, 철탑 위에 선 채 인류를 내려다보는 초인의 시선. 슈퍼맨이 처음 지구에 왔을 때 그는 이런 옷을 입지 않았을 것이다. 아무도 외계 행성에서 태어나자마자 붉은 망토를 걸치진 않는다. 그 역시 평범한 아기였고, 흔한 담요에 싸여 지구로 보내졌을 것이다. 그렇다면 그가 슈퍼맨이 되기로 결심한 순간, 직접 이 복장을 고안한 걸까? 아니면 누군가가 권해 준 것일까?

'강한 사람은 반드시 눈에 띄어야 한다.'

나는 이 가설을 떠올렸다. 그는 어쩌면 너무 강해

서, 너무 남다른 존재여서 오히려 스스로를 눈에 띄게 만들어야 했을지도 모른다. 마치 전투기가 적에게 자신을 드러내기 위해 칠하는 붉은 도색처럼. 그래서 그는 튀는 색상, 사람들의 시선을 사로잡는 디자인을 선택했다. 사람들이 '저 사람은 분명 특별한 존재다'라고 생각하도록.

하지만 한편으로는 이렇게도 생각했다. 어쩌면 그가 원한 것은 반대였을지도 모른다. 자신이 너무 강하기 때문에, 너무나 인간들과 다른 존재이기 때문에, 사람들 속에 섞이기 위한 복장을 택한 것일 수도 있다. 즉, 인간들이 기대하는 '영웅'의 이미지에 맞춰 스스로를 꾸몄던 것이다.

나는 슈퍼맨이 평범한 정장을 입고 회사에서 일하는 모습을 상상해 보았다. 그는 안경을 쓰고, 사무실에서 서류를 넘기며, 다른 사람들처럼 커피를 마신다. 하지만 아무도 그가 슈퍼맨이라는 사실을 모른

      우리가 지나쳐온 것들에 대한 이야기

다. 이상하다. 그가 망토를 걸치고 날아다닐 때보다 오히려 이쪽이 더 비현실적이다. 마치 어떤 거대한 고양이가 스스로 쥐인 척 연기하는 것처럼.

'사람들은 종종 반대로 살아간다.'

문득, 슈퍼맨이 아닌 우리 자신을 생각했다. 우리도 때때로 스스로를 다른 존재로 위장하며 살아간다. 회사에서는 업무에 충실한 직원이 되지만, 퇴근 후에는 전혀 다른 취미를 가진 사람이 된다. 우리는 집에서 편한 옷을 입고 소파에 널브러지지만, 밖에서는 정장과 단정한 머리 모양을 유지한다. 슈퍼맨이 안경을 쓰면 평범한 기자로 변하는 것처럼, 우리도 역할에 맞는 복장을 갖춰야만 세상 속에서 기능할 수 있다. 그것은 마치 카페에서 주문한 커피가 내 이름을 부를 때까지, 우리가 스스로를 누군가 다른 사람인 척 유지하는 것과도 같다. 한 모금 마신 커피가 너무 달면, 우리는 순간적으로 우리가 다른 사람이 되길 꿈꾼다. 하지만 결국, 우리는 원래의 자리로 돌아온다.

슈퍼맨이 비행하는 밤, 나는 커피를 한 모금 마신다. 어쩌면 우리 모두는 보이지 않는 망토를 걸친 채 살아가고 있는 것이 아닐까. 우리는 출근길 지하철 안에서, 저녁의 조용한 골목에서, 새벽까지 켜진 사무실의 불빛 아래에서, 스스로를 숨기고 살아간다. 그리고 어느 순간, 아주 우연한 순간에, 우리는 스스로가 진짜 누구인지 알게 될 것이다.

그 순간, 우리는 망토를 벗을까? 아니면 더욱 단단히 옷깃을 여밀까?

　　　　　우리가 지나쳐온 것들에 대한 이야기

Moment 30 슈뢰딩거의 고양이

우리는 때때로 문을 열어 보아야 한다. 문 저편에는 고양이가 있을 수도 있고, 없을 수도 있다. 아니, 정확히 말하자면, 있을 수도 없을 수도 있는 상태로 존재하고 있을 것이다.

슈뢰딩거 박사는 이런 실험을 상상했다. 상자 속에 고양이 한 마리를 넣고, 그 옆에는 아주 작은 확률로 작동하는 방사능 장치와 독극물이 연결된 장치를 둔다. 만약 방사능이 검출되면 독극물이 방출되고, 고양이는 죽는다. 그렇지 않다면 고양이는 살아남는다. 문제는, 우리가 상자를 열어보기 전까지 고양이가 살아 있는지 죽었는지를 알 수 없다는 점이다. 양자역학에 따르면, 상자를 열기 전까지 고양이는 '살아 있음'과 '죽어 있음'이 동시에 존재하는 상태라고 한다. 이것을 '중첩 상태'라고 부른다. 하지만 상자를 여는 순간, 그 가능성은 하나의 현실로 확정된다.

물론, 고양이 입장에서는 이게 무슨 황당한 소리냐고 항의하고 싶을지도 모른다. 내 경험상, 고양이란 대개 이런 상황에서 엉뚱한 선택을 한다. 예컨대 내가 새로 산 고급스러운 고양이 집에는 눈길도 주지 않으면서, 택배 상자에는 기어이 들어가 자리를 잡고야 만다. 어쩌면 슈뢰딩거 박사의 고양이도 그러한 본능에 따라 제 발로 상자 속으로 들어갔는지도 모른다.

나는 한때 이런 실험을 직접 해볼까 고민한 적이

　　　　　　우리가 지나쳐온 것들에 대한 이야기

있다. 물론 진짜 방사능을 사용하겠다는 것은 아니고, 단순히 박스를 닫아놓고 고양이가 살아 있는지 없는지 궁금해하는 그런 실험이다. 하지만 내 고양이는 내 예상보다 훨씬 비범한 존재였다. 나는 조심스레 박스를 닫았지만, 그 녀석은 그 안에서 지루했는지 10초 만에 요란한 소리를 내며 탈출해 버렸다. 그러니, 적어도 내 고양이는 양자 역학의 실험에 적합하지 않은 것으로 보인다.

이 실험의 가장 큰 문제는, 우리가 문을 열기 전까지 고양이의 상태를 확신할 수 없다는 것이다. 하지만 생각해 보면, 우리의 일상도 별반 다를 게 없다. 예를 들면, 냉장고에 넣어둔 요구르트의 유통기한이 지난 지 며칠 되었을 때, 그것이 상했는지 아닌지는 뚜껑을 열기 전까지 알 수 없다. 그러나 문제는, 뚜껑을 열어 확인한 순간, 그 냄새가 코를 강타하면서 이미 후회하기에는 늦어버린다는 점이다.

이 원리는 연애에도 적용된다. 상대방이 나를 좋아하는지, 혹은 단순히 친절한 것인지, 이 애매한 상태를 유지하다가 결국 더 이상 참지 못하고 "우리 무슨 사이야?"라고 묻는 순간, 그 관계의 모든 양자적 가능성은 단번에 붕괴되고 만다. 그리고 종종, 그 답변은 예상보다 훨씬 냉혹하다. 이럴 줄 알았으면, 차라리 문을 열지 말 걸 그랬다고 후회하는 경우도 많다.

하지만 그럼에도 불구하고, 우리는 결국 문을 열어야만 한다. 냉장고의 요구르트든, 애매한 연애든, 혹은 정말로 박스 속의 고양이든. 어쩌면, 인생은 끊임없이 이 '문을 열 것인가, 말 것인가'라는 질문을 스스로에게 던지는 과정인지도 모른다. 문을 열어야 다음 단계로 나아갈 수 있고, 때로는 기대하지 않은 기쁨이 우리를 기다리고 있을지도 모른다. 물론, 반대로 아주 끔찍한 냄새가 날 수도 있겠지만.

그러니 오늘도 나는 나의 고양이를 바라보며 생각

　　　　　　우리가 지나쳐온 것들에 대한 이야기

한다. 저 녀석이 상자 속에 들어가면, 나는 문을 열어
야 할까? 아니면 그냥, 커피나 한 잔 더 마시는 게 나
을까?

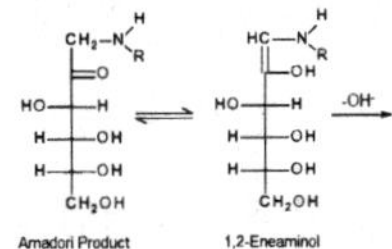

Moment 31 마이야르 반응

'마이야르 반응'이라고 아시는지? 이름만 들으면 비밀스러운 화학 실험 같지만, 이것은 사실은 우리 모두 매일 경험하는 현상이다. 아침에 구운 식빵의 표면, 갓 볶아낸 커피콩의 향, 스테이크를 자를 때 느껴지는 바삭한 크러스트. 단순했던 것들이 열과 시간 속에서 복잡한 무엇인가로 변해가는 과정을 말한다. 말하자면, 이것은 맛의 철학이고, 시간과 온도가 만들어내는 보이지 않는 이야기다.

     우리가 지나쳐온 것들에 대한 이야기

나는 처음 마이야르 반응을 깨달았을 때, 그게 단순한 조리 기술이 아니라 일종의 인생관과 닮았다고 생각했다. 재료가 뜨거운 불과 맞닥뜨리면서 자신의 본질을 서서히 바꿔가는 과정. 설탕이 깊고 쌉쌀한 캐러멜이 되고, 하얀 빵이 황금빛 크러스트를 두른다. 이건 마치 사람이 어떤 경험을 한 후, 그 경험에 의해 조금씩 변해가는 것과도 같다. 타버리지 않기 위해 적당한 온도를 찾고, 밍밍해지지 않기 위해 적당한 시간을 견뎌야 한다.

어느 오래된 카페에서 바리스타가 내게 말했다. "좋은 커피는 급하게 만들 수 없어요. 너무 강하면 태우는 거고, 너무 약하면 맛이 없죠." 나는 그 말을 듣고, 고개를 끄덕였다. 사람도 마찬가지다. 너무 강렬한 경험은 우리를 한순간에 타들어가게 만들고, 지나친 평온함은 우리로 하여금 깊어지지 못한 채 밍밍해지게 한다.

나는 종종 길을 걷다가 마이야르 반응을 떠올린
다. 오래된 나무 벤치의 색이 짙어지는 것도, 계절이
바뀌면서 나뭇잎이 익어가는 것도, 시간이 지나면서
사람의 얼굴에 남는 깊이도 결국 같은 원리가 아닐
까? 모든 것은 서서히, 그리고 조용히 변화한다. 그러
나 그 과정이 있어야만 진짜 맛이 난다.

나는 커피잔을 내려놓고 창밖을 바라보았다. 빛바
랜 벤치에 앉아 있던 고양이가 하품을 하더니 천천히
몸을 말아 잠들었다. 마치 이곳의 모든 것이 서서히
익어가고 있는 것만 같았다.

 우리가 지나쳐온 것들에 대한 이야기

Moment 32 고갱과 양갱

고갱과 양갱 사이에는 본질적으로 아무런 관계도 없다. 하나는 타히티의 태양 아래서 원색의 인간 군상을 그린 화가이고, 다른 하나는 팥과 설탕과 한천을 섞어 만든, 너무나도 일본적인 간식이다. 하지만 이 둘을 나란히 놓고 보면, 어쩐지 둘 사이에는 말로 설명하기 힘든 유사성이 존재하는 것만 같다.

사실 처음 이 둘을 연결하게 된 것은 단순한 이유였다. '고갱'과 '양갱', 발음이 묘하게 닮아 있었다. 인간의 사고방식은 가끔 말소리의 리듬이나 감각적인 연상에 의해 엉뚱한 연결고리를 만들어낸다. 그리고 그렇게 만들어진 연상 속에서 뜻밖의 공통점을 발견하기도 한다.

고갱이 타히티로 떠나기 전, 그는 문명 속에서 자신의 역할을 잃어버린 채 흔들리고 있었다. 인상주의가 한창이던 파리에서, 그는 금융업을 그만두고 화가가 되기로 결심했다. 하지만 그에게 남은 것은 가난뿐이었다. 그의 붓끝에서 태어나는 색채는 점점 더 강렬해졌고, 현실과 이상 사이에서 그는 자꾸만 더 먼 곳을 갈망했다. 결국 그는 모든 것을 버리고 타히티로 떠났다. 그곳에서 그는 문명의 피곤함을 벗어던지고 새로운 세계를 화폭에 담았다. 그러나 그의 그림이 보여주는 세계는 태양이 작열하는 낙원이었지만, 정작 그의 삶은 녹록지 않았다. 병과 가난, 그리고 외로움이 그를 갉아먹었다. 그리고 그는 타히티에서 쓸

     우리가 지나쳐온 것들에 대한 이야기

쓸히 생을 마감했다.

그런데, 양갱도 어쩐지 이와 비슷한 운명을 타고난 것만 같다. 단순한 재료로 만들어진 이 단단한 단맛의 덩어리는 본래 중국에서 유래했다고 한다. 하지만 일본에 건너오면서 형태와 본질이 바뀌었다. 본래는 양고기를 사용한 음식이었으나, 일본에서는 고기를 빼고 팥과 설탕으로 다시 태어났다. 어쩌면 그것은 하나의 적응이었고, 변형이었으며, 동시에 새로운 창조였다. 원래의 모습과는 전혀 다른 형태로 남게 된 것이다. 마치 고갱이 원래의 삶을 버리고 타히티에서 전혀 다른 인생을 살다 간 것처럼.

나는 가끔 양갱을 한 입 베어 물며 고갱을 떠올린다. 타히티의 태양 아래, 강렬한 색채로 채워진 그의 그림을 보면서, 나는 양갱이 가진 단순한 달콤함 속에서도 무언가 그와 닮았다는 느낌을 받는다. 그것은 문명의 바깥으로 나가고자 했던 어떤 욕망, 그리고 그 끝에서 마주한 쓸쓸함일지도 모른다.

　고갱은 끝없는 갈증 속에서 타히티로 갔다. 그러나 그는 결국 타히티에서도 갈증을 해소하지 못했다. 마치 양갱이 입 안에서 천천히 녹아 사라지는 것처럼, 그의 꿈도 그의 생도 결국 서서히 녹아내렸다. 하지만 그가 남긴 그림들은 여전히 강렬한 원색으로 우리를 응시한다. 그리고 나는 양갱을 씹으며 생각한다. 우리는 과연 어디로 가야 하는가. 그리고 그 끝에서 우리는 무엇을 발견할 것인가.

 　우리가 지나쳐온 것들에 대한 이야기

Moment 33 피넛버터와 적당한 거리 두기

나는 피넛버터를 좋아한다. 그러나 그렇다고 해서 피넛버터에 푹 빠져 살거나, 피넛버터와의 관계에서 철학적 의미를 찾으려 하거나, 피넛버터의 기원에 대해 깊이 고민하는 것은 아니다. 그저 피넛버터가 있으면 기분이 좋고, 없으면 조금 섭섭한 정도다. 마치 겨울철 양말 속에 슬쩍 끼워 넣은 핫팩처럼, 있으면 따뜻하고 없다고 해서 죽을 정도는 아닌 그런 느낌이다.

처음 피넛버터를 접한 것은 아마도 초등학교 저학년 때였다. 동네 슈퍼에서 어머니가 사 온 작은 유리병 속에는 살굿빛 크림이 가득 들어 있었다. 뚜껑을 열자 고소한 향기가 퍼졌고, 나는 호기심에 숟가락으로 크림을 한 입 떠먹었다. 그때의 감각은 지금도 생생하다. 혀에 닿자마자 퍼지는 짭짤하면서도 달콤한 맛, 점성이 강해 입천장에 들러붙어 쉽게 떨어지지 않는 독특한 질감, 그리고 그것을 해체하려고 입안을 이리저리 굴려야 했던 어설픈 싸움. 마치 막대한 자금을 들여 제작된 SF 영화 속 외계 생명체와 대치하는 기분이었다.

이후 나는 피넛버터와의 관계를 조심스럽게 유지했다. 너무 달면 질릴 것 같고, 너무 짜면 부담스러울 것 같은, 적절한 균형이 필요한 존재였다. 가끔은 밤늦게 냉장고를 열고 숟가락으로 한 입 떠먹기도 했지만, 그러고 나면 꼭 물을 두 잔은 마셔야 했다. 이쯤

    우리가 지나쳐온 것들에 대한 이야기

되면 피넛버터와 나는 일종의 상호 공생 관계에 있다고 볼 수 있다. 나는 피넛버터를 즐기고, 피넛버터는 나를 번거롭게 만든다.

한동안 피넛버터와의 거리를 두었던 시기가 있다. 대학 시절, 하숙집 냉장고 한쪽에 누군가 남겨 둔 오래된 피넛버터 병을 보았을 때였다. 그것은 아마도 몇 년간 방치된 듯했고, 겉면에는 기름이 층을 이루어 떠 있었다. 용기를 내어 뚜껑을 열어 보니, 기름층 아래로 보이는 피넛버터는 생각보다 멀쩡해 보였다. 그 순간 나는 고민했다. 이걸 먹어도 될까? 피넛버터란 원래 이렇게 시간이 지나도 멀쩡한 음식일까? 혹시 피넛버터는 불멸의 존재가 아닐까? 그리고, 나는 결국 숟가락을 들었다. 다행히 아무 일도 일어나지 않았다. 하지만 그 이후로 나는 피넛버터에 대한 경외심을 품게 되었다. 저것은 단순한 스프레드가 아니라, 인간이 만든 작은 불멸의 조각이 아닐까 하는 생각이 들었다.

지금도 내 부엌에는 피넛버터 한 병이 놓여 있다. 바쁜 아침에는 식빵에 대충 발라서 먹고, 가끔은 사과 조각에 얹어 먹기도 한다. 누군가는 피넛버터를 초콜릿과 함께 먹어야 한다고 주장하고, 또 누군가는 잼과 함께해야 진정한 조합이라고 말한다. 하지만 나는 그냥 있는 그대로의 피넛버터가 좋다. 마치 오랜 친구처럼, 때로는 묵묵히 곁에 있어 주는 것만으로도 충분한 그런 존재 말이다.

나는 앞으로도 피넛버터를 계속 좋아할 것이다. 그러나 결코 그것에 집착하거나, 피넛버터의 본질에 대한 논문을 쓰지는 않을 것이다. 그저 가끔씩, 입안에서 느껴지는 그 고소하고 달콤한 질감을 즐기며, 피넛버터와 나만의 조용한 시간을 보내면 되는 것이다. 그것이면 충분하다.

 우리가 지나쳐온 것들에 대한 이야기

Moment 34 고양이와 하이파이브

내가 고양이에게 하이파이브를 가르쳐야겠다고 결심한 것은 사실 그리 대단한 이유에서 비롯된 것은 아니었다. 그날도 여느 날과 다름없이 커피를 내리고, 창밖을 바라보며, 습관처럼 고양이의 등을 한 번 쓸어주었다. 고양이는 그런 나의 손길에 딱히 관심을 보이지 않았다. 마치 그건 어디까지나 '나는 나, 너는 너'라는 태도를 굳건히 유지하려는 무언의 선언 같았다.

그런데 문득, 이런 생각이 들었다. 이 고양이에게

사람이 하는 하이파이브를 가르칠 수 있을까? 고양이가 내 손을 향해 작고 보송한 발을 들어 올려 툭 치는 장면을 상상해 보았다. 재미있을 것 같았다. 어쩌면 내 삶에 무언가 새로운 변화를 줄 수도 있겠다는, 그야말로 하루를 조금이라도 더 낭비 없이 채울 수 있겠다는 근거 없는 확신이 들었다.

첫 시도는 당연히 실패로 끝났다. 나는 손바닥을 펴고 고양이 앞에 내밀었다. 그리고 "하이파이브!"라고 외쳤다. 고양이는 나를 올려다보더니 한숨을 쉬었다. 아니, 정말로 한숨을 쉬었는지는 확실하지 않다. 하지만 적어도 그렇게 보였다. 그런 식으로 우리는 몇 번의 시도를 이어갔다. 하지만 고양이는 여전히 시큰둥한 표정으로 나를 바라볼 뿐이었다. 나는 조금씩 의욕을 잃어 갔다.

그러다 우연히 발견한 것이 있다. 고양이는 다랑어 간식에 약했다. 나는 작은 다랑어 조각을 손바닥에

     우리가 지나쳐온 것들에 대한 이야기

올려놓고 다시 한번 손을 내밀었다. 그러자 고양이는 살짝 고개를 기울이며 앞발을 들어 올렸다. 그리고 아주 조심스럽게, 마치 시험이라도 치르듯이 내 손바닥을 툭 쳤다. 나는 즉시 기쁨의 탄성을 질렀고, 고양이는 깜짝 놀란 듯 눈을 동그랗게 뜨더니 얼른 다랑어를 낚아챘다.

그렇게 해서, 고양이와 나 사이에 일종의 암묵적인 계약이 체결되었다. 나는 하이파이브를 요청하고, 고양이는 그 요청을 들어주는 대가로 다랑어를 얻는다. 가끔 나는 그 계약이 공정한 것인지 고민하기도 했다. 어쩌면 나는 단순히 고양이를 간식으로 조종하는 것일 뿐, 진정한 의미의 교감을 나누고 있는 것은 아닐지도 모른다. 하지만 그건 중요하지 않았다. 중요한 것은 우리가 서로에게 시간을 내고 있다는 사실이었다.

시간이 지나면서, 고양이는 다랑어 없이도 하이파

이브를 해 주기 시작했다. 간식을 주지 않아도, 때로는 내 손을 보고 발을 들어 올렸다. 물론 모든 날이 그런 것은 아니었다. 가끔은 그냥 나를 무시하고 가 버리기도 했다. 하지만 그것 역시 고양이다운 태도라고 생각했다. 어쩌면 그런 식으로, 고양이는 나에게 삶의 균형을 가르쳐 주고 있는지도 모른다. 모든 관계는 때때로 한 걸음 물러서는 순간이 필요하다고.

어느 날, 나는 커피를 마시면서 문득 깨달았다. 내가 이 작은 존재에게 가르친 것은 단순한 몸짓이었지만, 그 대가는 어쩌면 내 삶의 작은 행복일지도 모른다는 것을. 고양이가 내게 배운 것이 있다면, 나는 고양이에게서 더 많은 것을 배운 셈이었다. 그러니 이제는 내가 고양이에게 하이파이브를 배울 차례가 아닐까? 고양이가 언제, 어떤 순간에 나를 향해 손을 내밀어 줄지는 알 수 없지만, 그날이 오면 나도 기꺼이 손바닥을 맞대리라.

     우리가 지나쳐온 것들에 대한 이야기

Moment 35 비엔나 소시지의 역설

비엔나 소시지와 프랑크 소시지. 이름만 들으면 각각 오스트리아의 비엔나와 독일의 프랑크푸르트에서 유래한 것처럼 보인다. 그러나 현실은 그렇게 단순하지 않다. 비엔나에서 비엔나 소시지를 찾는 것은 거의 불가능에 가깝고, 프랑크푸르트에서 먹는 소시지는 우리가 흔히 아는 '프랑크 소시지'와는 다를 가능성이 높다. 이름은 있지만 실체는 모호한 음식들, 이것은 단순한 식품의 명칭을 넘어 우리가 세계를 바라보는 방식과도 맞닿아 있다.

비엔나 소시지는 독일에서 유래한 것이고, 프랑크 소시지도 사실상 비슷한 계보를 가지고 있다. 오스트리아에서는 그저 '프랑크푸르터'라고 불릴 뿐, 특별한 정체성을 가지지 않는다. 반면, 독일에서는 프랑크푸르트식 소시지가 따로 존재하며, 그것은 우리가 흔히 먹는 프랑크 소시지와는 사뭇 다르다. 여기에서 흥미로운 점은, 특정한 장소와 연결된 명칭이 때때로 실제 장소에서의 정체성과는 동떨어진 모습을 보인다는 사실이다.

우리는 종종 이름을 통해 어떤 것을 상상하고 기대한다. 비엔나 소시지라면 비엔나에서 만들어진, 비엔나의 전통을 담은 소시지일 것이라고 여긴다. 하지만 실상은 다르다. 이는 마치 홍콩에서 '홍콩식 볶음밥'을 찾기가 어렵거나, 일본에서 '일본식 카레'가 인도의 그것과 전혀 다른 것과도 같다. 특정한 문화적

     우리가 지나쳐온 것들에 대한 이야기

요소가 세계로 퍼져 나가면서 변형되고, 다른 지역에서 다시 새로운 의미를 얻는 과정에서, 원래의 정체성은 점차 희미해진다.

결국 비엔나 소시지와 프랑크 소시지의 사례는 단순한 음식의 명칭이 아니라, 우리가 세상을 인식하는 방식에 대한 문제로 이어진다. 어떤 단어를 듣고 그것이 가진 본래의 의미를 그대로 받아들이는 것과, 실제 경험을 통해 얻는 지식 사이에는 간극이 존재한다. 우리는 비엔나 소시지를 먹으면서 비엔나를 떠올리지만, 그것은 철저히 머릿속에서 재구성된 비엔나일 뿐이다. 실재하는 비엔나는 그곳에서 비엔나 소시지를 먹지 않는 도시일 수도 있다.

이처럼 이름과 실체 사이의 차이는 비단 음식뿐만 아니라, 우리가 살아가는 많은 영역에서 발견된다. 특정한 문화나 개념을 쉽게 정의하고자 할 때, 우리는 단순한 이름을 붙이고 그것이 곧 본질인 것처럼 여긴다. 하지만 실체는 늘 다층적이며, 예상치 못한 방식으로 변형되고 재해석된다. 그러므로 우리가 어떤 것을 알고 있다고 믿을 때, 그것이 실제로도 그러한지 한 번쯤 의심해보는 것이 중요하다. 그것이 소시지 하나를 통해 깨닫게 되는, 작은 통찰이다.

이런 생각을 했다. 회색 트레이 위에 덩그러니 놓인, 살짝 과하게 익은 비엔나 소시지 야채볶음을 포크로 찌르면서.

     우리가 지나쳐온 것들에 대한 이야기

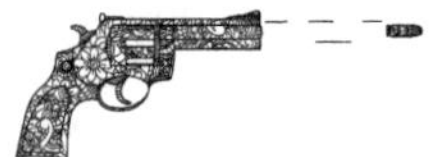

Moment 36 ## 러시아블루와 러시안룰렛

나는 러시아블루 고양이를 기른다. 러시아블루. 러시안룰렛. 어감상 비슷한 두 단어지만, 그 안에 담긴 의미는 극과 극이다. 하나는 고요한 아름다움을 지닌 생명체를, 다른 하나는 긴장과 죽음이 얽힌 위험한 게임을 뜻한다. 같은 언어의 궤적을 따라 흐르지만 전혀 다른 길로 뻗어나가는 두 단어를 떠올릴 때, 나는 인간의 삶과 선택에 대해 생각해보게 된다.

러시아블루. 부드러운 은빛 털을 가진 이 고양이는 조용하고 신중하며, 때때로 깊은 사색에 잠긴 듯한 모습을 보인다. 사람들과의 교감을 원하면서도 적절한 거리를 유지하는 그들의 태도는, 마치 삶에서 우리가 지키려 애쓰는 균형 같은 것이다. 너무 가까워도 안 되고, 너무 멀어도 안 되는, 서로를 이해하려는 조심스러운 움직임. 러시아블루의 눈을 들여다보고 있으면, 단순한 애완동물이 아니라 고독을 안고 살아가는 또 하나의 존재를 마주하는 기분이 든다.

반면 러시안룰렛은 극단의 순간을 의미한다. 회전식 권총에 단 한 발의 총알을 넣고 방아쇠를 당기는 이 게임은, 오직 운명에 모든 것을 맡긴 채 순간적인 결정을 내려야 하는 극단적인 행위를 상징한다. 이 위험한 게임에서 인간은 통제할 수 없는 운명과 맞닥뜨린다. 생과 사를 가르는 한순간의 선택은, 우리가 일상에서 마주하는 사소한 결정들과는 비교할 수

   우리가 지나쳐온 것들에 대한 이야기

없는 무게를 지닌다. 그러나 우리 모두는 정도의 차이만 있을 뿐, 크고 작은 러시안룰렛을 매일같이 맞닥뜨리며 살아가는지도 모른다.

러시아블루와 러시안룰렛, 이 두 단어는 대조적인 이미지를 가지면서도 묘하게 연결되어 있다. 삶이란 러시아블루처럼 신중한 거리 두기와 애정의 균형 속에서 살아가야 하지만, 때로는 러시안룰렛 같은 극단적인 순간과 맞닥뜨릴 수밖에 없는 것이다. 우리는 온전히 러시아블루처럼 살아가고 싶어 하지만, 피할 수 없는 선택의 순간이 오면 러시안룰렛을 받아들일 수밖에 없다.

그러나 중요한 것은, 우리에게는 그 사이에서 균형을 맞출 수 있는 힘이 있다는 사실이다. 러시아블루처럼 조용히 세상을 바라보면서도, 러시안룰렛 같은 순간에 지혜로운 선택을 내릴 수 있는 능력을 기르는 것. 어쩌면 그것이야말로 인간이 지닌 가장 중요한 생존 방식일지도 모른다. 결국, 삶은 부드러운 은빛 털을 가진 고양이의 눈을 통해 바라보는 것처럼 조용한 애정 속에 존재하지만, 때때로 심장이 뛰는 긴장감 속에서 진짜 의미를 찾아가는 과정인지도 모른다.

우리가 지나쳐온 것들에 대한 이야기

Moment 37 이른 아침, 카페에서 따뜻한 라테

카페의 문을 밀고 들어서자, 벨 소리가 가볍게 울린다. 아침 공기가 아직 다 녹지 않은 채 서늘하게 감도는 공간. 바깥의 냉기가 따라 들어오다 문이 닫히면서 조용히 사라진다. 손끝이 약간 얼어붙은 느낌이 들지만, 곧 커피잔을 감싸면 따뜻하게 녹아들겠지.

늘 그렇듯 카운터에는 정갈한 손놀림으로 에스프레소를 추출하는 바리스타가 서 있다. 그는 나를 보니 가볍게 고개를 끄덕인다. 같은 자리, 같은 메뉴, 그리고 같은 시간. 여기서 나의 아침은 루틴으로 완성된다.

라테 한 잔을 주문하고 자리를 잡는다. 아직 손님이 많지 않은 시간이라 창가 자리는 비어 있다. 창문 너머로 보이는 거리는 서서히 하루를 시작하는 중이다. 회색빛 아스팔트 위를 걷는 이들의 발소리가 미세하게 들릴 듯 말 듯. 어떤 이는 걸음을 재촉하고, 어떤 이는 천천히 여유를 즐긴다. 그리고 나는, 이곳에서 따뜻한 라테를 기다린다.

라테는 부드럽고 따뜻한 품처럼 온기를 전해준다. 첫 모금을 삼킬 때, 우유 거품이 혀끝을 감싸며 에스프레소의 쌉싸름한 맛이 천천히 퍼진다. 아침의 시간은 이 순간만큼은 느리게 흐른다. 바깥의 소음도, 세상의 분주함도, 잠시 창문 너머로 밀어 두고 나는 이 한 잔의 온기를 음미한다.

카페의 큰 창밖으로 세상을 관찰한다. 지나가는 사람들의 표정, 차들이 지나가는 속도, 거리의 작은

     우리가 지나쳐온 것들에 대한 이야기

움직임들까지도 하나의 이야기처럼 흐른다. 어떤 이는 전화기를 붙들고 무언가를 말하고, 어떤 이는 무심한 걸음으로 길을 걷는다. 거리에 깔린 아침 햇살이 유리창에 반사되며 부드러운 빛을 만들어 낸다. 그 빛이 커피잔 위에 내려앉는다.

누군가는 커피를 마시며 책을 읽고, 누군가는 조용히 음악을 듣는다. 벽에 기대어 생각에 잠긴 사람도 있고, 컴퓨터 앞에서 무언가를 적는 이도 있다. 모두가 각자의 방식으로 이 아침을 맞이한다. 그리고 나는, 단지 이 라테 한 잔에 집중하며 하루를 시작한다.

시간이 조금 더 흐르면 카페는 점점 사람들로 채워질 것이다. 주문이 쌓이고, 커피 머신의 증기 소리가 공간을 가득 메울 것이다. 하지만 지금은 여전히 조용한 아침. 이 순간을 조금 더 붙잡고 싶다. 잔을 내려놓고 손끝으로 따스한 감촉을 다시 한번 느껴본다. 오늘 하루도, 이렇게 시작된다.

Moment 38 고양이와 보온밥솥

보온밥솥의 뚜껑을 열 때마다 마치 내 삶의 어떤 근본적인 요소를 확인하는 듯한 기분이 느껴진다. 쌀은 여전히 쌀이고, 밥은 언제나 밥이다. 그리고 그 온기 속에서 안도감을 느낀다. 이 밥이 없다면 나는 무엇을 먹고살아야 할까, 같은 원초적인 고민을 하는 순간, 부엌 바닥에서 가만히 나를 바라보는 고양이와 눈이 마주친다.

151

고양이는 밥솥과는 전혀 다른 존재다. 밥솥이 규칙적이고 예측 가능한 삶을 제공한다면, 고양이는 무질서하고 예상할 수 없는 우연성을 선물한다. 나는 늘 생각한다. 고양이에게 보온밥솥은 어떤 의미일까? 아마도 그저 따뜻한 기계 덩어리 정도일 것이다. 하지만 고양이는 종종 밥솥 위에 올라가 몸을 웅크리고 앉아 있곤 한다. 따뜻한 기운이 좋아서일 수도 있고, 단순한 호기심 때문일 수도 있다. 하지만 나는 거기에 또 다른 의미를 부여하고 싶어진다. 마치 인간이 부엌의 작은 풍경에서 철학적인 무언가를 찾아내듯이.

내가 보온밥솥을 처음 산 날을 떠올려 본다. 꽤나 신중하게 고른 기기였고, 자동 보온 기능이 얼마나 잘 작동하는지를 유심히 관찰했던 기억이 있다. 하지만 시간이 흐르면서 그 기능을 당연하게 여기게 되었고, 어느 순간부터는 밥솥의 존재 자체를 신경 쓰지 않게 되었다. 여기에 밥이 있다는 것, 그리고 언제든지 그 온기를 느낄 수 있다는 사실은, 마치 공기처럼 자연스러워졌다.

고양이도 그렇다. 처음에는 작은 몸짓 하나에도 신경을 곤두세웠지만, 이제는 고양이가 내 곁에 있다는 사실이 당연하게 느껴진다. 하지만 어느 날 문득, 고양이가 보이지 않을 때의 그 허전함이 무엇인지 깨닫게 된다. 고양이가 없으면, 밥솥의 따뜻한 밥을 퍼서 먹을 때도 그 온기가 어딘가 허전하게 느껴진다. 고양이는 밥솥의 한쪽에서 나를 바라보고, 나는 그 시선 속에서 묘한 안도감을 느낀다.

어쩌면 인생이란, 보온밥솥과 고양이 같은 것인지도 모른다. 하나는 변함없는 온기를 유지하며 늘 나를 기다리고 있고, 다른 하나는 언제든 떠날 수 있는 자유를 가지고 있다. 하지만 그 둘은 절묘한 균형 속에서 내 하루를 이루고 있다. 나는 오늘도 밥솥의 뚜

     우리가 지나쳐온 것들에 대한 이야기

껑을 열며, 고양이가 곁에 있는지 확인한다. 그리고
그 온기 속에서, 삶의 작은 확실한 행복을 발견한다.

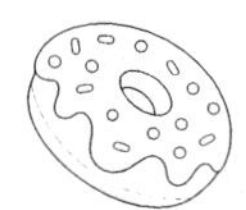

Moment 39 ## 도넛이라는 작은 의식

나는 도넛을 좋아한다. 좋아한다기보다, 가끔씩 생각이 날 때가 있다. 뭔가 달콤한 게 먹고 싶다, 아니, 달콤한 것이라기보다는 입 안에서 녹아내리는 부드러운 무언가가 필요하다고 느낄 때. 그리고 그런 순간엔 늘 던킨도넛이 떠오른다.

던킨도넛 매장 문을 열고 들어서면 달콤한 설탕과 갓 내린 커피의 향이 공기 속에 가득하다. 그곳에서의 선택은 언제나 같다. 진열대 앞에서 한참을 서성

 우리가 지나쳐온 것들에 대한 이야기

이다 결국 손에 들게 되는 것은 늘 올드패션드 글레이즈드. 다른 것도 먹어볼까 생각은 하지만, 결국 그 맛이 가장 익숙하다. 바삭한 겉면과 부드러운 속살, 혀끝에서 사르르 녹아내리는 감각. 그 모든 것이 예측 가능하면서도 언제나 새로운 느낌을 준다.

도넛을 먹는 일에는 하나의 작은 의식이 있다. 손가락 끝에 남은 미세한 당분의 감촉, 한 입 베어 물 때 느껴지는 적당한 밀도, 그리고 그것을 씹어 넘긴 후 남는 단맛과 공허함. 모든 과정이 부드럽고 자연스럽게 흘러간다. 커피 한 모금을 마시고 나면, 세상은 잠깐 동안 아주 조용해진다.

도넛을 좋아하는 사람과 그렇지 않은 사람으로 세상을 나눈다면, 나는 전자에 속할 것이다. 그러나 미식가처럼 맛을 분석하고 논하는 타입은 아니다. 그저 던킨도넛의 존재가 주는 편안함, 언제 어디서든 변함없는 맛을 보장받을 수 있다는 안정감이 좋다. 던킨도넛이 없다면 세상이 어떻게 돌아갈까? 물론 아무 문제 없을 것이다. 하지만 그것이 존재한다는 사실이 주는 안도감은, 그것이 없는 세상과는 전혀 다른 것이다.

던킨도넛 매장을 나서며 마지막 한 모금의 커피를 마신다. 손끝에 남은 달콤함을 닦아내고 거리를 걸어 나간다. 문득 생각한다. 던킨도넛이 없는 세상을 상상해 본 적이 있는가? 아마 그런 일은 없을 것이다. 하지만 상상만으로도 조금은 허전한 기분이 든다.

   우리가 지나쳐온 것들에 대한 이야기

Moment 40 어느 날, 사진이 사라졌다

되돌릴 수 없는 것이 있다. 강에서 흘러간 물과 한밤 중에 떠나버린 꿈이 그렇다. 그리고, 내 손끝에서 사라진 사진 파일도. 사진 파일을 삭제한 것은 순전히 실수였다. 하지만 그런 실수란 대체로 되돌릴 수 없는 법이다. 나는 바탕화면을 정리하다가 무심코 쓸모없는 파일들과 함께 선택했고, 별다른 고민 없이 삭제 버튼을 눌렀다. 확인 창이 떴을 때도, 가벼운 마음으로 '예'를 눌렀다. 모든 것이 아주 자연스러웠다.

그리고 잠깐 커피를 마시러 갔다가 돌아와서야 깨달았다. 내가 돌이킬 수 없는 일을 저질렀다는 것을.

무심코 휴지통을 열어보았다. 마치 거센 바람이 지나간 해변처럼, 텅 비어 있었다. 이상했다. 분명히 거기 있어야 했다. 불길한 예감이 들었다. 마우스를 움직여 복구 프로그램을 검색했다. 클릭, 다운로드, 실행. 그러나 돌아온 것은 '복구할 파일이 없습니다'라는 냉정한 메시지였다. 나는 모니터 앞에 앉아 한동안 멍하니 있었다. '아, 이제 정말로 사라졌구나.'

그 사진들은 단순한 데이터가 아니었다. 그것은 시간을 봉인한 증거였고, 영원할 거라 믿었던 순간들이었다. 여행지에서 찍었던 풍경들, 친구들과의 웃음, 가족과의 저녁 식사, 그리고 문득 셔터를 눌렀던 우연한 장면들. 나는 그 순간들을 사진으로 붙잡았다고 믿었지만, 이제 그 믿음이 무너지고 있었다. 사진이 사라지자 기억도 점점 흐릿해졌다. 기억은 마치 낡

     우리가 지나쳐온 것들에 대한 이야기

은 필름처럼 점점 바래가고 있었다.

서랍을 열고 오래된 노트를 꺼냈다. 기억을 되살려야 했다. 기억이 사라지는 것을 가만히 보고 있을 순 없었다. 하지만 몇 줄 적어 내려가자 곧 멈춰버렸다. 단어들은 모래처럼 손가락 사이로 빠져나갔다. 색감도, 온도도, 냄새도, 모든 것이 사진 속에서처럼 선명하게 되살아나지 않았다. 사진 없이도 기억할 수 있을 거라 생각했지만, 현실은 달랐다. 사진 없이는 기억도 없었다. 나는 애초에 기억을 하지 않았던 것이었다. 사진이 내 기억의 유일한 증거였음을 이제야 깨달았다.

나는 노트를 덮었다. 그리고 창밖을 바라보았다. 저물어가는 노을이 유리창에 희미하게 비쳤다. 흩어진 빛조차 손에 잡히지 않았다. 기억이란 원래 그런 것인지도 몰랐다. 바람이 지나가고, 구름이 흘러가듯이, 손에 쥘 수 없고 붙잡아둘 수도 없는 것. 하지만 나는 여전히 어딘가에 미련을 두고 있었다. 사진이 있었으면, 기억할 수 있었을까? 아니면, 사진이 없었더라도 나는 이 순간을 온전히 기억할 수 있었을까? 나는 그 답을 알 수 없었다. 그리고, 그 답을 알 수 없다는 사실이 가장 견디기 어려웠다.

우리가 지나쳐온 것들에 대한 이야기

Moment 04 ‘인터스텔라’와 ‘그래비티’

영화는 때때로 한 잔의 커피처럼 우리 곁을 맴돈다. 가볍게 삼킬 수도 있고, 오래도록 음미할 수도 있다. 크리스토퍼 놀란의 ‘인터스텔라’와 알폰소 쿠아론의 ‘그래비티’는 한 모금 들이켰을 때 각기 다른 향과 온도로 입안에 남는다. 둘 다 우주를 배경으로 하지만, 맛이 다르다. 미묘한 신맛과 깊은 쓴맛, 어쩌면 사라지는 순간의 단맛까지도.

이야기의 깊이에서 차이가 난다. ‘인터스텔라’는 상

대성이론, 중력, 시간의 왜곡 같은 복잡한 개념을 비비 꼬아 철학적 질문을 던진다. 반면, '그래비티'는 아주 단순한 줄기를 타고 간다. 생존. 살아남아야 한다는 본능. 이 차이는 마치 두 잔의 커피와 같다. '인터스텔라'가 느긋하게 내려진 핸드 드립 커피라면, '그래비티'는 정신없이 들이켜는 에스프레소 같다.

연출 방식에서도 그렇다. '인터스텔라'는 웅장한 음악과 어우러진 광활한 우주를 보여준다. 블랙홀을 재현하는 데 물리학자들의 연구까지 동원되었다. 반면, '그래비티'는 여백이 많다. 긴장과 침묵. 주인공 라이언 박사의 숨소리가 우주의 침묵을 더욱 강조한다. 전자는 서서히 스며드는 울림이라면, 후자는 즉각적인 몰입이다.

감정선도 다르다. '인터스텔라'가 가족애, 시간, 기억이라는 무거운 주제를 중심에 둔다면, '그래비티'는 오롯이 개인적인 생존 이야기다. 쿠퍼는 딸 머피

　우리가 지나쳐온 것들에 대한 이야기

를 위해 시간을 건너뛴다. 라이언 박사는 자기 자신을 위해, 겨우겨우 살아남는다. 감정의 결은 다르지만, 결국 살아있는 것에 대한 집착은 동일하다.

이 두 영화의 대비는 삶에 대한 우리의 태도와 닮아 있다. 때로 우리는 더 큰 의미를 찾기 위해 길을 떠나기도 하지만, 때로는 단순히 하루를 살아내는 것이 전부이기도 하다. '인터스텔라'가 우리가 미래를 향해 나아가는 이유를 묻는다면, '그래비티'는 지금 이 순간을 붙잡는 법을 가르친다. 결국, 우리는 어떤 우주를 선택할 것인가? 정교하게 설계된 웜홀을 통과할 것인가, 아니면 무중력의 세계에서 몸부림칠 것인가? '인터스텔라'와 '그래비티'는 같은 공간에서 서로 다른 방식으로 떠돈다. 하지만 한 가지는 분명하다. 우주는 언제나 깊고, 우리는 그 깊이를 각자의 방식으로 응시할 뿐이라는 것. 그리고 그 안에서 우리는, 나름의 이유로, 계속 살아간다.

Moment 42 야마시타 타츠로와 여름의 끝자락

아내와 오랜만에 시내에 나가 LP숍에 들렀다. 한참
을 고르다가 야마시타 타츠로의 LP를 샀다. 마치 처
음부터 그래야 했던 것처럼, 자연스럽게. 그런 날은
이상하게도 하늘이 맑고 바람도 적당했다. 오래된
LP 가게의 문을 열자, 먼지와 낡은 종이, 그리고 약
간의 습기가 뒤섞인 냄새가 가게 안을 채우고 있었다.
그곳에서는 시간도 느리게 흘러가는 듯했다.

 우리가 지나쳐온 것들에 대한 이야기

벽장을 채운 수많은 음반들. 조심스럽게 손가락을 움직이며 음반 사이를 넘기던 중, 불현듯 'Ride on Time'의 앨범이 눈에 들어왔다. 푸른 하늘과 바다가 배경이 된 커버 사진. 손가락 끝에서 전해지는 감촉이 어쩐지 생경했다. 이 앨범이 여기 있을 줄은 몰랐다.

LP 봉투를 손에 쥐고 가게를 나섰다. 마치 중요한 약속을 앞둔 사람처럼 조심스럽게. 전차를 타고 돌아오는 길, 나는 가방 속 LP가 있는지 몇 번이나 확인했다. 그것은 단순한 물건이 아니라, 한 시대의 공기와 기억이 담긴 어떤 조각 같았다. 그 시대를 살아본 적이 없는데도 이상하게 익숙한 감각. 아마도 음악이란 것이 그런 것일지도 모른다.

집에 돌아오자마자 턴테이블을 꺼냈다. 바늘을 올리자 몇 초간의 정적. 그리고 첫 번째 트랙이 시작되었다. 따뜻한 기타 리프와 함께 공간이 조금씩 변해갔다. 마치 오래전 여름의 한가운데로 빨려 들어가는 듯한 기분이었다. 창문을 열어 놓으니 저녁 바람이 살짝 스쳐 갔다.

LP를 듣고 있으면 기억들이 떠오른다. 열여섯의 여름, 귤 향이 감도는 바람, 한적한 오후. 그런 기억들이 음악과 함께 천천히 흐르고 있었다. 마치 LP의 홈을 따라 바늘이 움직이는 것처럼. 하지만 손을 뻗으면 잡히지 않을 것 같은 것들. 기억은 언제나 그런 식이다. 흐릿하지만 선명한 것처럼 착각하게 만든다.

턴테이블 위에서 음반이 느리게 회전했다. 스피커에서 야마시타 타츠로의 목소리가 흘러나왔다. 그 목소리는 여전히 선명했고, 여전히 여름 같았다. 이 음악이 처음 나왔던 시절, 누군가는 이 노래를 들으며 나와 같은 기분을 느꼈을까. 한 시대가 저물어도, 음악은 여전히 같은 곳에서 같은 방식으로 흐르고 있었다.

한 곡이 끝나고 바늘이 가볍게 팅기는 소리가 들렸다. 하지만 나는 턴테이블을 멈추지 않았다. 다음 곡

 우리가 지나쳐온 것들에 대한 이야기

이 시작되었다. 음악이 흐르는 동안 나는 조금 더 깊이 여름 속으로 빠져들었다. 시간은 흘러가고 있었지만, 적어도 지금 이 순간만큼은 멈춰 있는 듯했다. 그리고 그것만으로 충분했다.

Moment 43 눈 오는 날, 오전의 커피

창밖을 보니 밤새 내린 눈이 마당을 가득 채우고 있었다. 세상이 하얗게 변한 아침, 나는 익숙한 루틴대로 커피를 내렸다. 커피 머신이 윙윙거리며 따뜻한 한 잔을 준비하는 동안, 부엌 창문을 통해 바라본 바깥 풍경은 유난히 고요했다.

눈 오는 날의 아침은 유독 느릿하다. 거리에는 아직 발자국 하나 남지 않았고, 공기는 차갑지만 묘하게 깨끗한 냄새가 난다. 나는 커피를 들고 거실로 나

  우리가 지나쳐온 것들에 대한 이야기

와 소파에 앉았다. 잔을 두 손으로 감싸 쥐자 손끝에 온기가 퍼졌다. 커피에서 피어오르는 김은 천천히 공기 속으로 스며들며 사라지고, 나는 한 모금 마셨다. 진하고 묵직한 향이 입안 가득 차오른다.

이런 날엔 특별한 일이 없어도, 그저 창밖을 바라보는 것만으로 충분하다. 커피잔을 내려놓고 두 팔을 벌려 기지개를 켜면, 나른한 여유가 온몸에 퍼진다. 문득 비엔나의 작은 카페에서 마셨던 럼 커피가 떠오른다. 창문에는 성에가 끼고, 바깥에서는 눈이 조용히 내리고 있었다. 한 모금 머금으면 럼 특유의 강한 향이 목을 타고 흘러내리고, 진한 크림이 혀끝을 부드럽게 감싸던 그 순간.

지금 마시는 커피는 단순한 블랙커피지만, 아침의 고요함과 눈 덮인 풍경이 더해지니 그 어떤 커피보다 깊고 따뜻하게 느껴진다. 커피 한 잔으로 시작하는 이런 겨울 아침이, 소확행, 즉 작지만 확실한 행복이 아닐까.

Moment 44 프렌치 프라이

맥도날드에서 프렌치 프라이를 주문했다. 특별히 배가 고픈 것도 아니었지만, 프렌치 프라이를 주문하지 않으면 어딘가 균형이 맞지 않는 느낌이 들었다. 나는 그 조그마한 감자튀김 조각들을 손에 쥐고 하나씩 입에 넣었다. 아직 김이 모락모락 나는 감자를 혀끝으로 굴리다가 서둘러 콜라를 한 모금 들이켰다. 그런 순간이 좋다. 균형 잡힌 순간이라고 해야 할까. 마치 햇빛이 적당히 비치는 오후의 카페 창가 자리처

 우리가 지나쳐온 것들에 대한 이야기

럼, 아니면 바닷가를 따라 조깅하다가 적당한 타이밍에 흐르는 라디오의 올드 팝송처럼.

프렌치 프라이에는 분명 어떤 마법 같은 것이 있다. 처음에는 단순한 음식처럼 보이지만, 어느새 식탁의 주인공이 된다. 햄버거도 있고, 콜라도 있고, 때로는 치킨 너겟까지 있을지 모르지만, 가장 마지막까지 남아 있는 건 언제나 프렌치 프라이다. 마치 적당히 여유로운 여름날 저녁, 손에 잡고 있는 마지막 한 모금의 맥주처럼.

나는 프렌치 프라이를 사랑한다. 하지만 꼭 바삭해야 한다. 눅눅한 감자튀김은 마치 예상보다 싱거운 여름 수박 같은 기분을 준다. 한 입 베어 물었을 때의 그 실망감은 이루 말할 수 없다. 감자튀김이란 처음 한 입을 베어 물었을 때 바삭하고, 안쪽은 부드러우면서도 살짝 단맛이 배어 나오는 것이 이상적이다. 마치 적절한 간격을 유지하면서도 묘하게 따뜻한 친구 같은 느낌이라고 하면 이해가 될까. 필요할 땐 손을 뻗으면 잡히고, 그렇다고 너무 가까이 붙어 부담스럽지도 않은.

어떤 날은 케첩을 찍어 먹고, 어떤 날은 소금만 뿌려 먹는다. 그리고 아주 가끔은 감자튀김을 맥플러리에 찍어 먹기도 한다. 이상하게 들릴지도 모르지만, 그런 날은 묘하게 모든 것이 잘 풀리는 기분이 든다. 마치 신발 끈이 첫 시도에 완벽하게 묶이는 날처럼, 혹은 우산을 챙겨 나왔는데 막상 비가 오지 않는 날처럼.

프렌치 프라이는 언뜻 사소한 음식처럼 보이지만, 사실은 작은 기쁨을 품고 있는 존재다. 그것을 한 조각 한 조각 음미하는 것은 인생을 조금 더 맛있게 즐기는 법을 배우는 일과 다름없다. 오늘도 나는 그 작지만 바삭한 행복을 하나씩 집어 올린다.

     우리가 지나쳐온 것들에 대한 이야기

Moment 45 # 몸이 둥글어지는 과정에 대하여

어느 날 아침, 문득 거울을 보니 몸이 전보다 부드러워져 있었다. 부드러워졌다는 건, 그러니까 뭐랄까, 빵 반죽을 하다가 잠시 손을 멈췄을 때처럼 어딘가 탄력이 줄고 둥글어진 느낌이었다. 나는 거울을 바라보며 내 몸이 언제부터 이렇게 변화했는지 곰곰이 생각해 보았다.

하지만 그런 건 알 수 없는 일이다. 살이 찌는 과정이란 언제나 서서히, 은밀하게 진행된다. 마치 집 앞

골목길에 서서히 쌓이는 낙엽처럼, 어느 날 문득 쌓인 양을 보고서야 "이렇게 많았나?" 하고 깨닫게 되는 것과 비슷하다. 나는 체중계에 올라가 보았다. 숫자가 예상보다 컸다. 하지만 숫자는 숫자일 뿐, 내 몸을 정량적으로 설명할 수 있는 건 아니다.

점심때쯤 회사 근처 카페에 갔다. 창가 자리에 앉아 지나가는 사람들을 바라봤다. 날씬한 사람도, 통통한 사람도, 나보다 더 둥글어진 사람도 있었다. 그런데 그들 중 누구도 자기 몸무게에 대해 심각하게 고민하고 있는 것처럼 보이지 않았다. 누구도 "나는 왜 이렇지?"하고 발걸음을 멈추지 않았다. 그들은 그저 자신이 가야 할 곳으로 향하고 있을 뿐이었다.

나는 생각했다. 어쩌면 몸이란 것도 그런 것 아닐까. 너무 깊이 신경 쓰지 않고 그냥 흘러가게 두면 되는 것. 결국 우리는 살이 찌기도 하고 빠지기도 한다. 시간이 지나면 머리카락이 자라고 손톱이 길어지는

 우리가 지나쳐온 것들에 대한 이야기

것처럼, 우리의 몸도 그 나름의 방식으로 변화를 거듭한다. 그리고 변한 몸에 어떻게든 맞춰가며 살아가는 것이 결국 '인생'이겠지.

샌드위치를 한 입 베어 물었다. 살이 찌든 빠지든, 배가 고픈 건 마찬가지다. 그러니까 일단 먹고 생각하는 게 좋겠다. 밖에서는 여전히 사람들이 걸어가고 있었다.

각자의 삶을 향해, 조금씩 몸을 변화시키면서.

Moment 46 교복을 입는다는 것

토요일 오후, 중학교 입학을 앞둔 딸과 함께 교복을 맞추러 갔다. 교복 가게는 동네 상가 2층에 있었다. 1층에는 작은 문구점과 약국, 그리고 테이블 몇 개만 덩그러니 놓인 카페가 있었다. 문구점 앞에서는 초등학생들이 포켓몬 카드 묶음을 뒤적이고 있었고, 약국에서는 할머니가 약사의 설명을 듣고 있었다. 지나가는 사람들, 적당히 노곤한 공기, 적당히 바래버린 간판들. 몇 년 전이나 지금이나 별로 달라진 건 없는

우리가 지나쳐온 것들에 대한 이야기

것 같았다.

2층으로 올라가자, 가게 문이 반쯤 열린 채로 있었다. 안에서 희미한 섬유 냄새가 흘러나왔다. 그 특유의 냄새 — 새 옷에서만 나는, 세탁된 면과 풀 먹인 원단 사이 어딘가에 머물러 있는 공기.

"어서 오세요."

점원이 부드러운 목소리로 말했다.

딸이 고개를 끄덕였다. 점원은 딸의 키를 한 번 훑어보더니 익숙한 손길로 폴로티와 후드티, 그리고 치마를 건넸다. 나는 가게 한쪽 벽을 바라보았다. 벽에는 오래된 흑백 사진이 걸려 있었다. 몇십 년 전 학생들의 단체 사진이었다. 빳빳한 와이셔츠에 넥타이, 몸에 꼭 맞는 재킷, 주름이 가지런한 치마. 그 시절에도 아이들은 지금처럼 이곳에 와서 교복을 맞췄을까. 그리고 부모들은 나처럼 문가에 서서 그 모습을 지켜봤을까.

“아빠, 어때?”

딸이 거울 앞에서 몸을 돌리며 물었다.

나는 고개를 끄덕였다. 셔츠 대신 폴로티, 재킷 대신 후드티. 확실히 많이 변했다. 하지만 나쁘지 않았다. 오히려 더 나았다.

“편해?”

“응, 엄청 편해.”

그걸로 충분했다.

나는 문득 어릴 적 교복을 맞추러 갔던 날을 떠올렸다. 기억이 뚜렷하지는 않았다. 다만 교복을 입어 본 내 모습을 거울 속에서 바라보던 순간, 아버지는 조용히 신문을 넘기고 있었다. 신문을 읽고 있었던 건지, 아니면 그냥 손에 들고 있었던 건지는 알 수 없었다. 하지만 어쨌든 그날, 아버지는 내게 특별한 말을 하지 않았다.

 우리가 지나쳐온 것들에 대한 이야기

나는 딸을 보며 생각했다.

이 아이가 중학생이 된다. 교복을 입고 등교하고, 새로운 친구를 사귀고, 가끔은 수업이 따분해 창밖을 바라보기도 하겠지. 쉬는 시간에는 친구들과 과자를 나눠 먹고, 좋아하는 선생님이 생기고, 싫어하는 수업도 생길 것이다. 그리고 몇 년 후에는 또다시 새로운 옷을 입고, 새로운 곳으로 향하겠지.

나는 문득 궁금해졌다. 몇 년 후에도 나는 이곳에 다시 올까. 그리고 언젠가는 내 딸도 자기 아이의 교복을 사러 오게 될까.

그때도 교복이 있을까?

점원이 옷 태를 정리해주고, 품을 살짝 조정하겠다고 말했다. 딸은 다시 교복을 벗고 일회용 덧신을 벗었다. 가방 속에 교복을 차곡차곡 넣으면서, 딸은 몇 번이고 손으로 원단을 쓰다듬었다.

가게를 나와 계단을 내려가는데 딸이 문득 물었다.

"아빠도 교복 맞추러 갔었어?"

"응, 그랬지."

"그때는 어땠어?"

나는 잠시 생각했다.

"그때는 그냥, 교복이 교복이었어."

딸은 고개를 끄덕였다.

신호등이 바뀌고, 차들이 움직이기 시작했다. 어디선가 바람이 불어왔다.

   우리가 지나쳐온 것들에 대한 이야기

Moment 47 커피와 도넛

내가 커피와 도넛을 함께 먹기 시작한 것은 언제부터였을까. 정확한 시점은 기억나지 않지만, 아마도 대학 시절 어딘가에 있던 작고 허름한 카페에 갈 때부터였던 것 같다. 그 당시 커피는 그저 졸음을 쫓기 위한 수단이었고, 도넛은 값싼 간식 이상의 의미를 갖지 않았다. 하지만 시간이 흐르면서 이 둘은 내 일상에 자연스럽게 스며들었고, 지금은 나름대로 특별한 의미를 지니게 되었다.

커피는 쓴맛으로 시작해 끝에는 어딘가 모르게 남는 부드러움이 있다. 첫 모금은 언제나 짙고 강렬하지만, 목을 타고 넘어가는 순간 그 쓴맛은 묘하게도 위로로 변한다. 도넛은 반대로 처음엔 달콤한 유혹으로 다가오지만, 씹을수록 그 속에 감춰진 담백함이 드러난다. 둘은 상반된 성격을 가졌음에도 불구하고, 함께 있을 때 오히려 서로의 매력을 돋보이게 한다. 마치 한 사람의 인생이 가진 쓴맛과 단맛이 조화를 이루듯.

언젠가 비 오는 날, 작은 카페 창가에 앉아 커피와 도넛을 앞에 두고 혼자 있었던 기억이 있다. 창밖에는 회색 빛깔의 도시가 젖어가고 있었고, 사람들은 각자의 우산 속에 갇혀 무심히 지나갔다. 나는 그저 커피를 한 모금 마시고, 도넛 한 입을 베어 물었다. 따뜻한 커피의 온기와 도넛의 달콤함이 입안 가득 퍼지면서, 세상의 모든 복잡함이 잠시 멈춘 듯한 기분

     우리가 지나쳐온 것들에 대한 이야기

이 들었다.

커피와 도넛은 단순한 음식이 아니다. 그것은 일상 속에서 나만의 작은 의식이자, 잠시 멈추어 서서 호흡을 가다듬는 시간이다. 바쁜 하루 중에도 이 둘을 통해 잠깐의 여유를 찾고, 그 속에서 스스로를 돌아보게 된다. 커피의 쓴맛과 도넛의 단맛은 결국 인생의 이면을 반영하는 거울과 같다. 우리는 때때로 쓰디쓴 현실을 마주하고, 때때로 달콤한 순간에 안주하지만, 그 모든 것이 모여 우리의 이야기를 만들어 간다.

오늘도 나는 커피 한 잔과 도넛 하나를 앞에 두고 앉아 있다. 이 단순한 조합이 주는 위로와 따뜻함이, 나를 다시 일상으로 나아가게 만든다. 그리고 그렇게, 커피와 도넛은 나의 하루를 채우는 작지만 확실한 행복으로 남는다.

Moment 48 **체스에서의 단상**

최근에 10살 아들과 체스를 했다. 딱히 내가 체스를 잘하는 것도 아니고, 아들이 특별히 강한 플레이어도 아니다. 하지만 인간이라는 존재는 이유 없이 무언가를 시작하고, 그 과정에서 괜히 철학적인 생각을 끌어오며 나름의 의미를 부여하는데 능하다. 나는 체스를 두면서 체스에 대해 생각했고, 체스가 아닌 것들에 대해서도 생각했다.

체스를 두는 동안에도 나는 쓸데없는 생각을 끊

 우리가 지나쳐온 것들에 대한 이야기

임없이 늘어놓았다. "체스라는 게임은 말이야, 64개의 칸 위에서 벌어지는 작은 전쟁이지. 그런데 그게 꼭 인생 같지 않냐? 폰들은 언제나 희생을 강요당하고, 퀸은 강력하지만 결국 왕을 보호하기 위해 존재하고, 왕은 움직임이 둔하지만 결국 모든 게임을 끝내버리는 존재야."

아들은 조용히 나를 바라보았다.

"아빠, 그냥 두세요."

1984년 개리 카스파로프와 아나톨리 카르포프의 세계 체스 챔피언십은 가장 흥미로운 체스 이야기 중 하나이다. 다섯 달 동안 경기를 했고, 48경기까지 진행됐지만 끝내 결론이 나지 않았다. 너무 길고 지루해서 국제 체스 연맹이 경기를 중단해 버렸다. 역사상 가장 긴 체스 경기였고, 결국 새로운 챔피언을 가리기도 전에 끝나버렸다. 마치 우리 삶에도 끝까지 가지 않고 그냥 멈춰버리는 순간들이 있다는 걸 암시하는 듯했다. 모든 게임이 꼭 승패로 귀결되는 것만은 아니라는 사실, 묘하게 위로가 됐다.

나는 아들과 체스를 두면서도 계속 말하고 있었다. "그러니까 체스도 인생도 마찬가지야. 모든 수가 완벽할 수는 없고, 때로는 무승부로 끝나는 게 나을 때도 있지."

아들은 체스판을 보더니 한숨을 쉬었다. 그러고는 조용히 말했다.

"아빠, 저 그냥 질게요."

'체크메이트.'

나는 작은 목소리로 말했다. 아들은 피곤한 얼굴로 체스판을 정리했다. 나는 체스에서 이겼다. 하지만 이상하게도, 조금도 승리한 기분이 들지 않았다. 그렇다면 진 건가? 아니면, 그냥 또 하나의 무승부였던 걸까?

 우리가 지나쳐온 것들에 대한 이야기

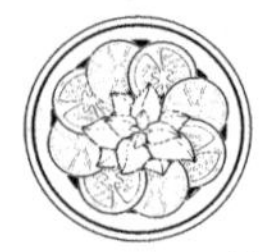

Moment 49 전통 시장과 전

전통 시장에 들어서면 우리를 가장 먼저 반기는 것, 바로 기름 냄새다. 묘하게도, 이 냄새는 배고픔을 증폭시키는 마법 같은 힘을 가졌다. 어쩌면 시장의 진짜 주인공은 상인들의 우렁찬 목소리가 아니라, 철판 위에서 지글거리는 전의 유혹적인 속삭임일지도 모른다. 기름 앞에서는 누구나 평등하다. 다이어트 중인 사람도, 채식주의자도, 심지어 방금 밥을 먹고 온 사람도 기름 앞에서는 예외 없이 허기를 느낀다.

전 집 아주머니는 나를 흘끗 쳐다본다. '오늘도 왔어?'라는 눈빛이다. 그래, 나는 기름 앞에 충성을 맹세한 자다. 김치전 하나, 해물파전 하나를 주문하자 아주머니는 말없이 철판에 반죽을 얹는다. 지글거리는 소리와 함께 기름이 튄다. 나는 그 순간을 가만히 바라본다. 전이 익어가는 과정을 기다리는 건 묘하게 철학적이다. 아무리 서둘러도 빨리 익지 않는다. 기름이 튀어도, 옆 사람이 먼저 받아 가도, 초연하게 기다릴 수밖에 없다. 어쩌면 그것이야말로 인간 본연의 모습 아닐까.

드디어 전이 완성된다. 아주머니가 접시에 올려주며 한마디 던진다. "간장은 셀프야." 순간, 내 머릿속엔 철학적 질문이 떠오른다. 인생도 간장 같은 걸까? 적당한 양을 스스로 조절해야 더 맛이 나는? 깊이 생각할 틈도 없이 나는 간장을 종지에 따르고 전을 한입 베어 문다. 바삭한 가장자리가 환상적이다. 이 순

 우리가 지나쳐온 것들에 대한 이야기

간만큼은 세상의 모든 고민도 바삭하게 튀겨진 것처럼 느껴진다. 김치전은 살짝 매콤하다. 마치 인생의 작은 시련 같은 맛이다. 해물파전은? 마치 복권 같은 느낌이다. 한입 베어 물었을 때 문어 다리가 걸리면 행운, 부추만 잔뜩이면… 그냥 부추다.

전통 시장의 전은 단순한 음식이 아니다. 이곳에서는 소소한 대화들이 기름 냄새 속에 녹아든다. 옆 테이블의 아저씨가 친구에게 말한다. "이 집 해물파전은 문어가 많이 들어가서 좋아." 친구가 고개를 끄덕이며 대답한다. "맞아, 예전에 왔을 때 부추만 가득했는데 오늘은 당첨이네." 나는 그 말을 들으며 피식 웃고, 전을 하나 더 주문한다. 이왕이면 문어가 잔뜩 들었으면 좋겠다.

비 오는 날이면 더욱 생각나는 시장의 전. 오늘도 나는 전을 베어 물며 생각한다. 기름의 세계에서는 모두가 행복하다. 그리고 배부르다.

Moment 50 # 크레인 게임과 기억의 조각들

어떤 날은 이유 없이 커피 향이 그리워진다. 갓 내린 커피에서 풍기는 깊고 쌉쌀한 향. 그리고 그것이 입안에 닿기도 전에, 기억 속 어딘가에서 오래된 장면이 스멀스멀 떠오른다. 카페 한구석에서 창밖을 바라보며 홀짝이던 에스프레소, 진한 거품이 남아 있던 찻잔, 그리고 그 모든 순간에 깃든 작은 감각들. 한때는 그런 향을 따라 카페를 찾아가기도 했고, 때로는 그저 머릿속에서 그 느낌을 곱씹으며 지나가기도 했

우리가 지나쳐온 것들에 대한 이야기

다. 그렇게 향에 이끌려 어디론가 향하듯, 어느 날 문득 오락실이 떠올랐다. 이유 같은 것은 필요하지 않았다. 오락실이라는 단어가 머릿속에서 번뜩였고, 그 순간 나는 그곳으로 가야만 했다. 몇 년 전만 해도 거리 곳곳에 자리 잡고 있던 오락실들은 점점 자취를 감추었고, 이제는 일부러 찾아야만 하는 곳이 되었다. 그렇기에 더더욱 가야만 했다. 마치 잊고 지냈던 어린 시절의 한 장면을 되찾는 것처럼.

오랜만에 찾아간 오락실은 생각보다 초라했다. 희미한 네온 불빛이 창문 틈새로 새어 나오고 있었고, 낡은 간판은 세월의 무게를 감당하지 못한 듯 바래 있었다. 하지만 문을 열고 들어서는 순간, 나는 확신했다. 여기는 여전히 오락실이었다. 특유의 전자음과 사람들의 손길이 남긴 오래된 공기가 뒤섞여 있었다. 모든 것이 변해도 오락실만은 그 자리에 남아 있었다.

나는 철권 같은 격투 게임을 좋아하지만, 오락실에는 크레인 게임만 남아 있었다. 조이스틱과 버튼이 만들어내던 격렬한 타격음 대신, 기계가 인형을 잡고 미끄러지는 소리만이 공간을 채우고 있었다. 실망스러웠다. 기대했던 격투의 긴장감은 없었고, 대신 조용한 사냥이 시작되려는 분위기였다. 하지만 이미 발을 들였으니 그냥 나가기도 애매했다. 그렇게 해서 나는 크레인 게임 앞에 서게 되었다. 옆에서는 한 남자가 동전을 잔뜩 쏟아 넣으며 연신 인형을 건져 올리려 애쓰고 있었다. 크레인이 내려가고, 인형을 살짝 들어 올리지만 마지막 순간에 미끄러지듯 빠져나갔다. 반복되는 패배에도 그는 포기할 줄 몰랐다. 묘하게 그 모습이 마음에 걸렸다.

나도 한 번 해보기로 했다. 천 원짜리 한 장을 넣고 크레인을 조작했다. 목표는 구석에 쌓여 있는 작은 곰 인형이었다. 조심스럽게 크레인이 내려갔고, 집게

 우리가 지나쳐온 것들에 대한 이야기

가 인형을 감싸 쥐었다. 아주 미묘한 차이로 균형이 틀렸다. 숨을 죽이며 바라보던 순간, 인형이 천천히 들려 올라갔다. 나는 의자 끝에 앉은 사람처럼 몸을 기울였다. 기계가 인형을 들어 올리는 속도는 지독할 정도로 느렸고, 그 시간이 지나치게 길게 느껴졌다. 그 순간, 나는 크레인이란 것이 얼마나 잔인한 기계인지 깨달았다. 마치 연극에서 배우가 대사를 끝맺기 직전에 끊어버리는 것처럼, 크레인은 꼭 마지막 순간에 집게의 힘을 풀어버렸다. 곰 인형은 절망적으로 허공을 돌다 아래로 떨어졌다. 나는 한숨을 쉬며 다시 동전을 넣었다. 이번에는 크레인의 동작을 분석하고, 집게가 닫히는 타이밍을 눈여겨보았다. 마치 상대의 패턴을 읽어내는 격투 게임처럼.

몇 번의 시도 끝에, 나는 결국 작은 곰 인형을 손에 넣었다. 손바닥만 한 크기의 인형이었지만, 어쩐지 대단한 성취감을 느꼈다. 격투 게임에서 화려한 콤보를 넣고 승리하는 짜릿함과는 전혀 다른 종류의 만족감이었다. 손에 쥔 곰 인형이 이상하게 묵직하게 느껴졌다. 마치 오랜만에 손에 넣은, 오래전에 잃어버린 무언가처럼. 밖으로 나와 오락실을 뒤돌아보았다. 몇 시간 전까지만 해도 그곳은 나에게 아무런 의미가 없는 장소였다. 하지만 지금은 달랐다. 손에 든 곰 인형을 보며, 나는 생각했다. 오락실이란 그런 곳인지도 모른다. 무언가를 얻으러 가는 곳이 아니라, 한순간의 리듬 속에서 자신을 잃어버리고, 다시 찾아가는 곳. 나는 조용히 곰 인형을 주머니에 넣고 천천히 걸음을 옮겼다.

    우리가 지나쳐온 것들에 대한 이야기

Moment 51 ## 공항에서 길을 잃다

나는 공항에서 길을 잃어본 적이 있다. 그것도 아주 철저하게. 몇 년 전, 해외 출장을 가기 위해 공항에 도착했다. 모든 것이 순조로웠다. 수하물을 부치고, 출국 심사를 통과하고, 게이트 근처에서 커피 한 잔을 주문했다. 하지만 거기까지였다. 커피를 다 마시고 게이트로 향하려는 순간, 나는 갑자기 방향 감각을 완전히 상실했다.

공항이라는 공간은 생각보다 기묘하다. 길을 잃고 싶지 않아도 잃게 된다. 비슷하게 생긴 통로, 무수히 많은 전광판, 어디서 들어왔는지조차 가물가물해지는 구조. 나는 분명 게이트 번호를 확인했지만, 돌아서자마자 그것이 무엇이었는지 기억나지 않았다. 'C였나? 아니면 F?' 나는 한동안 전광판 앞을 서성이며 고민했다. 하지만 이상하게도, 그 숫자들이 점점 내 머릿속에서 의미 없는 기호처럼 변해갔다.

나는 공항 직원에게 길을 물어볼까 생각했다. 하지만 공항에서 길을 묻는다는 것은 어쩐지 패배를 인정하는 것 같았다. '이 사람, 비행기 한 번도 안 타봤나?' 같은 시선을 받을 것만 같았다. 나는 잠시 고민하다가 그냥 내 감각을 믿기로 했다. 적당히 사람들이 많이 가는 방향을 따라 걸으면 어떻게든 되겠지. 하지만 그건 큰 착각이었다. 공항에서 사람들은 각자의 목적지를 향해 흩어질 뿐, 누군가를 따라가다

     우리가 지나쳐온 것들에 대한 이야기

보면 전혀 엉뚱한 곳에 도착하게 된다.

한참을 헤매다 보니, 어느새 면세점 구역으로 돌아와 있었다. 다시 처음으로 되돌아온 것이다. 나는 잠시 멈춰 서서 생각했다. 혹시 공항이 나를 시험하고 있는 것은 아닐까? '이봐, 네가 정말 떠날 준비가 됐는지 다시 한번 확인해 봐'라고 말하는 것처럼. 공항이란 본질적으로 이동을 위한 장소지만, 때때로 우리를 가만히 붙잡아 놓기도 한다. 마치 출발과 도착 사이에서 잠시 멈춰 서야만 하는 공간처럼.

결국 나는 간신히 게이트를 찾아 비행기에 올랐다. 그리고 창밖을 보며 생각했다. 어쩌면 공항에서 길을 잃는 게 나쁜 일만은 아닐지도 모른다. 우리는 늘 어디론가 가야 한다고 생각하지만, 가끔은 어디에 있는지를 잃어버리는 것도 나름 의미가 있을 수 있으니까.

Moment 52 코카콜라의 비밀

나는 지금 코카콜라를 마시고 있다. 정확히 말하면, 얼음을 가득 넣은 유리잔에 코카콜라를 따르고, 탄산이 튀어 오르는 걸 감상한 후, 마치 세계의 비밀을 한 입에 들이키듯 천천히 마시고 있다. 그리고 방금 깨달았다. 이건 단순한 음료가 아니다. 이건 비밀이다. 그것도 아주 거대한, 어쩌면 우주적인 차원의 비밀.

코카콜라는 어디에서 왔을까? 물론, 조지아 주 애틀랜타에서 한 약사가 실수로 만들었다는 이야기가

우리가 지나쳐온 것들에 대한 이야기

정설이다. 하지만 나는 믿을 수 없다. 한 인간이 우연히 이런 맛을 만들어냈다는 건, 개 한 마리가 피아노 위를 뛰어다니다가 베토벤 교향곡을 작곡하는 것과 같은 확률이다. 이건 분명 인간을 초월한 어떤 존재, 이를테면 외계 문명이나, 혹은 지하에서 수백만 년을 살아온 고대 생명체의 작품일 것이다.

어느 날 문득, 나는 이런 상상을 해봤다. 코카콜라의 원료는 지구 바깥에서 온 게 아닐까? 예를 들어 태초의 어느 날, 지구로 떨어진 운석 속에 정체불명의 검은 액체가 담겨 있었고, 호기심 많은 누군가가 그것을 맛보았던 건 아닐까. 그리고 그는 알았을 것이다. 이 액체는 마시자마자 혀끝을 감싸고, 뇌를 자극하며, 심지어 약간의 중독 증세까지 불러일으킨다는 것을. 그렇게 인류는 코카콜라라는 마법의 액체에 길들여지기 시작한 것이다.

그렇다면 코카콜라의 레시피는 왜 그렇게 철저하

게 비밀에 부쳐져 있을까? 세상의 거의 모든 음식에는 성분표가 붙어 있는데, 유독 코카콜라는 원조 레시피를 철저히 숨기고 있다. 심지어는 두 사람이 각각 절반씩의 레시피만 알고 있다고도 한다. 하지만 나는 안다. 이건 단순한 기업 비밀이 아니다. 진짜 이유는 그 레시피가 인간의 언어로 표현할 수 없는 것이기 때문이다. '탄산수, 캐러멜, 인산, 카페인, 천연 향료'라고 적혀 있는 성분표는 일종의 눈속임이고, 실제로는 우리가 전혀 이해할 수 없는 신비로운 물질이 포함되어 있을 것이다.

혹자는 말한다. 코카콜라를 마시면 이상한 기분이 든다고. 이를테면, 갑자기 불현듯 아주 오래전 여름의 기억이 떠오른다든가, 옛 연인의 얼굴이 뇌리를 스쳐 지나간다든가, 몇 년 전 읽은 책의 한 구절이 생생하게 떠오른다든가. 나 역시 그렇다. 코카콜라를 한 모금 마시고 나면 사라졌던 기억들이 어디선가 스멀스멀 기어 나와 나를 감싼다. 이건 우연일까? 아니면 코카

      우리가 지나쳐온 것들에 대한 이야기

콜라가 우리의 기억을 조작하고 있는 걸까?

여기서 나는 한 가지 결론에 도달한다. 코카콜라는 단순한 음료가 아니다. 그것은 하나의 열쇠다. 우리가 알지 못하는 어떤 세계로 들어가는 문을 열어주는 신비로운 열쇠. 우리는 그것을 무심코 마시고 있지만, 실은 아주 오래전부터 어떤 존재가 그것을 통해 우리를 조용히 조종하고 있는지도 모른다. 어쩌면 그 존재는 우리의 과거와 현재를 교묘하게 섞어가며, 우리를 원하는 방향으로 유도하고 있는지도 모른다.

나는 유리잔을 내려놓고, 다시 한번 코카콜라의 갈색 액체를 들여다본다. 그리고 생각한다. 이 안에는 분명 우리가 모르는 무언가가 들어 있다. 그 비밀을 파헤쳐야 할 것 같기도 하고, 그냥 이대로 즐기는 편이 나을 것 같기도 하다. 하지만 한 가지 확실한 것은, 나는 앞으로도 이 검고 거품 이는 액체를 계속해서 마실 것이라는 사실이다.

Moment 53 만화방, 그곳에 머문 시간들

최근에 새로운 스타일의 만화방에 갔다. 메뉴판에는 커피, 스무디, 와플까지 있었다. 조명은 부드러웠고 공기는 캐러멜 마키아토 향으로 가득했다. 한쪽에서는 노트북을 펼쳐놓고 공부하는 사람이 있었고, 다른 쪽에서는 조용한 재즈 음악이 흐르고 있었다. 이곳이 정말 '만화방'이 맞나 싶었다. 하지만 소파는 푹신했고, 테이블 위에는 깔끔하게 정리된 만화책이 놓여 있었다. 익숙한 듯 낯선 풍경이었다. 그러다 문득, 예

 우리가 지나쳐온 것들에 대한 이야기

전의 만화방을 떠올렸다.

만화방이라는 공간은 시대에 따라 변모하는 특이한 장소다. 옛날 만화방과 지금의 만화방을 비교해 보면, 마치 같은 행성에서 다른 시대를 경험하는 것처럼 이질적인 감각이 든다. 어쩌면 그것은 내 기억이 변해버렸거나, 혹은 세상이 변한 것일지도 모른다. 어느 쪽이든, 변하지 않은 것은 내가 여전히 만화를 읽는다는 사실뿐이다.

내가 처음 만화방을 찾았던 것은 초등학교 저학년 때였다. 당시의 만화방은 창백한 형광등 아래, 낡은 책들이 빽빽하게 꽂혀 있던 작은 공간이었다. 책장은 금세라도 무너질 것처럼 위태로워 보였고, 공기 중에는 약간의 먼지와 라면 국물 냄새가 섞여 있었다. 동네 형들이 의자에 비스듬히 기대어 만화를 읽으며 슬리퍼를 질질 끌고 다니던 그 풍경은 나름의 질서가 있는 세상이었다. 하루 종일 앉아 만화를 읽어도, 주인장은 그다지 신경 쓰지 않았다. 어차피 중요한 것은 손님이 몇 시간 동안 앉아 있느냐가 아니라, 만화책비를 내느냐 하는 문제였으니까.

그러나 요즘의 만화방은 전혀 다른 모습이다. 카페형 만화방이 등장하면서 분위기는 깔끔해졌고, 라면 국물 대신 원두커피 향이 진동한다. 폭신한 소파와 잘 정리된 책장, 적당한 조명까지 갖추고 있으니, 여기가 만화방인지 북카페인지 헷갈릴 정도다. 게다가 최신 웹툰과 전자책을 제공하는 시스템까지 들어섰으니, 손님들은 더 이상 종이책을 뒤적이지 않는다. 뭔가 정리되고 세련되었지만, 예전의 그 정겹고 흐트러진 분위기가 사라진 것 같아 아쉽기도 하다.

나는 가끔 옛날 만화방을 그리워한다. 낡은 나무의자에 앉아, 바스락거리는 책장을 넘기며 시간을 보내던 그 시절. 불편한 자세로 오래 앉아 있으면 허리가 아팠지만, 그런 것쯤은 신경 쓰이지 않았다. 옆에

    우리가 지나쳐온 것들에 대한 이야기

서 누군가 컵라면을 후루룩 먹는 소리조차 배경음악처럼 자연스러웠다. 하지만 지금의 만화방에서는 조용한 음악이 흘러나오고, 손님들은 개인 공간에서 혼자 몰입하는 분위기다. 이런 변화가 반드시 나쁘다고는 할 수 없다. 단지, 세상은 언제나 변하고, 사람들은 그 변화를 받아들이면서 살아가는 것뿐이다.

그렇다고 내가 옛날 만화방으로 돌아가고 싶냐고 묻는다면, 아마도 "아니"라고 답할 것이다. 기억 속의 공간은 언제나 가장 아름답게 남아 있는 법이니까. 지금 나는 가끔 카페형 만화방에 들러 조용히 만화를 읽고, 커피 한 잔을 마시며 시간을 보낸다. 그것도 나쁘지 않다. 결국 중요한 것은, 그곳이 여전히 만화를 읽을 수 있는 공간이라는 사실일 것이다.

Moment 54 미술관 카페

미술관 내부에는 언제나 어딘가 묘하게 끌리는 카페
가 있다. 어쩌면 미술관이라는 공간 자체가 커피 향
을 품을 준비가 된 장소인지도 모른다. 높은 천장, 적
당히 들리는 사람들의 소음, 커다란 창으로 쏟아지
는 햇빛. 그리고 테이블 위에 놓인 한 잔의 커피. 이
모든 것이 합쳐지면, 카페는 단순한 휴식처를 넘어
마치 하나의 작품처럼 느껴진다.

 우리가 지나쳐온 것들에 대한 이야기

파리의 오르세 미술관 안에도 그런 카페가 있다. 화려하지 않지만, 공간이 주는 여유가 있다. 뉴욕의 메트로폴리탄 미술관 안에서도 비슷한 경험을 했다. 햇빛이 거대한 창을 통해 부드럽게 쏟아져 내리는 공간에서 마시는 커피는 작품 감상의 연장선상에 있다. 첫 모금을 머금는 순간, 혀끝에서 퍼지는 깊고 묵직한 풍미. 마치 갓 본 그림의 여운이 입안에서 다시 피어나는 듯했다.

한번은 루브르 박물관을 거닐다가 안쪽에 자리한 작은 카페에 들어갔다. 미술관 내부에 있는 카페니 당연히 가격이 만만치 않을 거라 생각했지만, 메뉴를 펼쳐 보니 예상보다 더 당당했다. 에스프레소 한 잔을 주문하면 르누아르의 데생 한 장 정도는 덤으로 줘야 할 것 같은 가격이었다. 하지만 호기심이 현실 감각을 눌러 이겼고, 결국 커피를 시켰다. 그리고 첫 모금. 의외로 훌륭했다. 렘브란트의 어두운 그림자가

잔 속에서 퍼지는 듯했고, 르누아르의 부드러움이 혀
끝을 스치고 지나갔다. 이쯤 되면 미술관과 카페는
필연적인 조합이라 해도 이상하지 않다. 미술이 감각
을 자극한다면, 카페는 그 감각을 가만히 음미할 시
간을 주는 것이다.

우리 동네에도 나름의 국립 미술관이 하나 있다.
물론 파리나 뉴욕의 그것들과 비교하면 소박하지만,
그래도 미술관은 미술관이다. 그리고 그 안에는 조
용한 카페가 하나 있다. 처음엔 별 기대 없이 들어갔
다. 왠지 커피보다는 박물관 기념품 같은 맛이 날 것
같았다. 그런데 웬걸, 커피가 의외로 괜찮았다. 아니,
꽤 훌륭했다. 진한 원두 향과 부드러운 크레마, 그리
고 창가 자리로 쏟아지는 부드러운 햇빛까지. 이 정
도라면 미술관 입장료에 커피 한 잔을 포함하는 것도
나쁘지 않을 것 같았다. 아니면 차라리 커피값을 내
고 전시를 덤으로 보는 게 더 자연스럽지 않을까.

   우리가 지나쳐온 것들에 대한 이야기

그곳에서는 미술관 직원들이 조용히 휴식을 취하고 있었다. 검은 터틀넥을 입은 큐레이터가 창가에 앉아 커피를 마시는 모습이 보였다. 마치 고대 조각상을 복원하느라 혼이 쏙 빠진 사람처럼. 벽에는 이곳에서 열린 전시 포스터들이 무심하게 걸려 있었고, 창가에는 한 노인이 신문을 읽고 있었다. 카페 구석에서는 누군가 조용히 노트를 펼쳐 무언가를 적고 있었다. 이런 곳에서 마시는 커피는 다른 곳보다 더 깊은 맛이 난다. 원두의 품질 때문만은 아니다. 이 공간이 만들어내는 공기, 빛, 그리고 미묘한 여운 때문이다. 예술 작품이 조명과 거리감에 따라 다르게 보이듯, 커피도 어디에서, 어떤 분위기에서 마시느냐에 따라 전혀 다른 맛을 낸다.

이제 나는 미술관을 방문할 때마다 자연스럽게 그 카페로 향한다. 전시를 본 뒤 커피 한 잔을 주문하고, 창가에 앉아 그림의 여운을 곱씹는다. 때로는 노트에 무언가를 끄적이고, 때로는 그냥 멍하니 창밖을 바라본다. 그렇게 몇 번이고 같은 자리에 앉아 있다 보면, 어느새 내가 이 공간에 스며든 듯한 기분이 든다. 어쩌면 그것이야말로 예술 감상의 연장일지도 모른다.

세계적인 미술관에는 반드시 괜찮은 카페가 있다. 아니, 어쩌면 미술관보다 카페가 먼저 있었고, 사람들이 커피를 마시러 오다가 그림도 같이 걸어둔 게 아닐까 싶다. 좋은 미술관이라면 좋은 카페를 내부에 두는 법이다. 그리고 이제 나는 우리 동네 미술관 1층의 카페를 그 리스트에 조용히 추가하려 한다.

 우리가 지나쳐온 것들에 대한 이야기

Moment 55 커피, 음악, 그리고 아침의 독서

아침이 오면 커피를 내린다. 밤새 텅 빈 컵을 씻고, 커피 가루를 떠 넣고, 물을 끓인다. 물이 조용히 끓어오르면, 방금 갈아낸 원두 위로 천천히 부어준다. 부풀어 오르는 향이 집 안을 가득 채운다. 이때의 기분을 설명하라면, 막 첫 페이지를 펼친 책과 비슷하다고 해야 할까. 마치 뭔가 좋은 일이 시작될 것 같은 예감이 든다.

창가의 작은 테이블 위에 커피잔을 놓고, 책을 펼친다. 여전히 눈꺼풀이 무거운 아침이지만, 책 속 문장이 하나씩 스며들면서 서서히 몸이 깨어난다. 활자들이 커피 향과 함께 퍼져 나간다. 문장의 결을 따라가다 보면, 어느새 고요한 음악이 흐르고 있다는 사실을 깨닫는다. 레코드에서 흘러나오는 잔잔한 재즈. 커피, 책, 음악. 이 조합은 언제나 옳다.

가끔은 음악이 먼저다. 오늘 같은 아침에는 빌 에반스의 피아노가 먼저 흘러나왔다. 창밖으로 보이는 느지막한 햇살과 피아노 선율이 어울린다. 커피를 한 모금 마시고 책장을 넘긴다. 활자는 조금씩 형태를 갖추고, 의미가 만들어진다. 이해되지 않는 문장이 있어도 상관없다. 다시 돌아와 읽으면 된다. 음악도 그렇다. 한 번에 모든 곡이 귀에 들어오지 않아도 된다. 같은 곡을 반복해 듣다 보면 문득 가슴에 스며드는 순간이 있다.

   우리가 지나쳐온 것들에 대한 이야기

아침의 독서는 조금 특별하다. 낮이나 밤과 다르게, 여백이 많다. 하루의 시작, 아직 많은 것들이 결정되지 않은 시간. 이른 아침의 공기처럼 문장들도 부드럽다. 아침에는 오래된 소설이든, 새로운 시집이든 잘 어울린다. 때로는 책을 읽는 것보다 더 깊은 생각 속에 빠지기도 한다. 읽던 페이지를 덮고, 커피잔을 들고 창밖을 바라본다. 오늘은 어떤 하루가 될까. 중요한 것은, 이 아침이 충분히 충만하다는 사실이다.

이 조용한 순간들이 쌓여간다. 커피 한 잔, 음악 한 곡, 책 한 페이지. 어제와 같은 일상의 반복이지만, 그 안에 매번 새로운 감각이 스며든다. 커피는 늘 같은 커피지만, 오늘은 조금 더 부드럽게 느껴지고, 음악은 같은 곡이지만 다른 부분이 들린다. 책의 문장은 어제와 다르지 않지만, 오늘은 전혀 새로운 의미로 다가온다. 아침의 시간은 그렇게 나를 채워준다.

어느덧 커피잔이 비워졌다. 책도 한 장을 덮었다. 음악은 여전히 흘러가지만, 이젠 자리에서 일어나야 할 시간이다. 이 조용한 순간을 다시 맞이하기 위해, 오늘 하루를 잘 살아야겠다고 다짐해 본다. 내일 아침도 이렇게 시작될 것이다. 그리고, 아마도, 내일의 커피는 오늘보다 더 맛있을 것이다.

    우리가 지나쳐온 것들에 대한 이야기

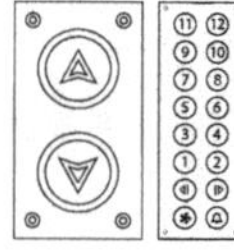

Moment 56 엘리베이터 버튼을 누르는 기술

나는 엘리베이터 버튼을 누를 때마다 잠시 고민한다. 한 번만 눌러야 할까, 아니면 두세 번 더 눌러야 할까? 이미 불이 들어와 있는데도 괜히 한 번 더 눌러보고 싶은 충동은 대체 어디서 오는 걸까? 그리고 문이 닫히기를 기다리다 보면, 누군가가 다급하게 뛰어오는 게 보인다. 그때의 선택도 쉽지 않다. '열림' 버튼을 눌러야 하나, 아니면 모른 척해야 하나? 살면서 크고 작은 결정을 수도 없이 내려야 하지만, 이런 사

소한 순간들이 때때로 가장 난감하다.

엘리베이터 버튼을 누르는 방식도 사람마다 다르다. 어떤 사람은 정확히 한 번만 누르고 기다린다. 마치 세상의 질서를 철저히 따르는 것처럼. 어떤 이는 '닫힘' 버튼을 집요하게 연타하며 몇 초라도 아껴보려 한다. 그리고 또 다른 누군가는 이미 불이 들어와 있음에도 불구하고 '혹시나' 하는 마음으로 다시 한 번 누른다. 하지만 생각해보면, 버튼을 여러 번 누른다고 해서 엘리베이터가 더 빨리 오지는 않는다. 그럼에도 우리는 계속해서 버튼을 누른다. 마치 인생에서 어쩔 수 없는 일들 앞에서도 괜히 발을 동동 구르며 뭔가를 해보려는 것처럼.

가끔 엘리베이터를 타면, '닫힘' 버튼이 작동하지 않는 경우가 있다. 몇 번을 눌러도 문이 미동도 없다. 그럴 때마다 나는 이 버튼이 사실상 '무의미한 존재'가 아닐까 생각한다. 우리 인생에도 그런 버튼이 많

　　우리가 지나쳐온 것들에 대한 이야기

다. 열심히 눌러보지만 아무런 변화도 없는 것들. 그런데도 우리는 여전히 포기하지 않고 계속 누른다. 그 이유는 간단하다. 아무것도 하지 않고 기다리는 것보다, 최소한 '무언가'를 하고 있다는 느낌이 들기 때문이다.

그래서 오늘도 엘리베이터 앞에서 나는 고민한다. 한 번만 누를 것인가, 여러 번 누를 것인가. 문이 닫히려 할 때, 누군가가 뛰어오면 손을 뻗을 것인가, 아니면 운명에 맡길 것인가. 어쩌면, 이런 사소한 선택들이 모여 결국 우리의 하루를 만들고, 우리의 삶을 결정하는 것이 아닐까?

Moment 57 우유

어릴 적부터 나는 우유를 그다지 좋아하지 않았다. 하얀 색깔, 특유의 비릿한 향, 그리고 마시고 난 뒤 입 안에 남는 그 미묘한 감촉이 영 마음에 들지 않았다. 하지만 우유는 언제나 내 주변을 떠돌았다. 아침 식 탁 위의 삼각 팩, 도시락 가방 한구석의 작은 병, 그 리고 운동 후 교실에서 받았던 멸균 팩까지. 마치 내 인생의 조연처럼, 늘 곁에 있지만 좀처럼 손이 가지 않는 존재였다.

우리가 지나쳐온 것들에 대한 이야기

어느 날 문득, 우유에 대한 내 태도가 바뀌기 시작한 것은 대학 시절이었다. 학교 앞 작은 카페에서 우연히 라테를 마셨는데, 그 따뜻하고 부드러운 맛이 놀라웠다. 그동안 내가 알고 있던 우유의 모습이 아니었다. 에스프레소의 쓸쓸함과 섞이면서 특유의 비릿함은 사라지고, 오히려 부드러운 달콤함이 배어 나왔다. 나는 생각했다. 어쩌면 우유는 그 자체로는 완벽하지 않지만, 적절한 무언가와 함께할 때 비로소 빛을 발하는 존재일지도 모른다고.

그 이후로 나는 우유를 조금씩 받아들이기 시작했다. 여전히 그냥 마시는 것은 어려웠지만, 요거트나 치즈, 크림 파스타처럼 변형된 형태로는 얼마든지 즐길 수 있었다. 어떤 존재든 그대로는 받아들이기 힘들어도, 새로운 모습으로 변할 수 있다면 그것도 나쁘지 않다는 생각이 들었다. 그리고 가끔, 피곤한 밤 늦게 귀가한 날, 냉장고를 열어 남아 있는 우유 팩을 보면 문득 이런 생각이 든다. 나도 지금은 어중간한 모습이지만, 어딘가에서 적절한 조화를 이루게 될 순간이 오지 않을까.

 우리가 지나쳐온 것들에 대한 이야기

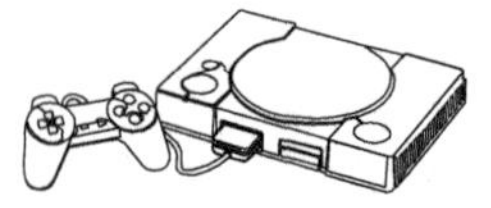

Moment 58 페르시아 왕자

무심코 '페르시아 왕자'를 다시 시작했다. 그것이 대단한 결정이었거나, 삶을 바꿀 무언가였던 것은 아니다. 하지만 어딘가에서 나를 부르는 소리가 들렸다. 그리고 나는 응했다.

책상 위에는 1990년대 초반에 생산된 486 PC가 자리 잡고 있었다. 이 묵직한 기계는 묘하게 신뢰감을 주었다. 무겁고 단단한 본체, 큼직한 모니터, 그리고 타자를 칠 때마다 깊은 울림을 주는 낡은 키보드.

그것은 마치 오래된 타자기 같은 느낌이었다. 나는 책상 서랍을 열어 검은색 플로피 디스크를 꺼냈다. 낡은 책에서 먼지를 털어내듯 조심스럽게 디스켓을 드라이브에 밀어 넣었다.

이 모든 것은 단순한 호기심에서 시작되었다. 마치 카프카의 소설 속 주인공들이 아무 이유 없이 낯선 상황에 휘말리는 것처럼, 나도 그렇게 빠져들었다. 처음에는 가벼운 기분이었다. 오래된 게임을 다시 해볼까. 그런 가벼운 충동. 하지만 레트로 게임의 세계는 의외로 깊었다. 단순한 추억이 아니라, 무언가 본질적인 감각을 불러일으켰다. 그래서 나는 하나의 게임 콘솔을 샀다. 작은 크기의 장치였지만, 나의 기억 속 게임들을 충분히 담고 있었다.

하지만 그런 것으로는 부족했다. 게임을 하다 보니 단순한 콘솔이 아니라, 그 시절의 공기를 고스란히 되살리고 싶어졌다. 묵직한 키보드, 투박한 부팅

 우리가 지나쳐온 것들에 대한 이야기

소리, 모니터의 푸르스름한 빛. 그것 없이는 어딘가 불완전한 기분이었다. 그렇게 해서 나는 한 단계 더 나아갔다. 1990년대 초반에 생산된 486 PC를 구입했다. 데스크톱 본체를 들고 오면서, 이게 과연 필요한가 하는 생각도 들었지만, 이미 선택은 끝났다. 마치 책을 한 권 더 산 것처럼, 거기에는 어떤 필연성이 있었다.

디스켓을 넣고, 'A:\' 프롬프트에서 명령어를 입력했다. 딸깍, 딸깍. 짧은 소음과 함께 화면에는 익숙한 타이틀이 떠올랐다. 오래된 도트 그래픽. 단순하지만 그 안에는 무언가 깊고도 특별한 것이 있었다. 게임을 시작하는 순간, 나는 1990년대의 방 한가운데로 돌아간 기분이 들었다.

처음 '페르시아 왕자'를 접했을 때, 그것은 게임이라기보다는 일종의 퍼즐처럼 느껴졌다. 칼을 휘두르고, 함정을 피하고, 때로는 절벽에서 떨어지고, 다시 처음부터 시작해야 했다. 처음에는 어려웠지만, 어느 순간부터 몸이 그 흐름을 기억하기 시작했다. 마치 익숙한 문장을 다시 읽을 때처럼.

게임 속 주인공은 달리고, 점프하고, 싸운다. 마치 헤밍웨이의 인물들이 침묵 속에서 가장 많은 것을 이야기하듯, 그는 아무 말 없이 칼을 휘둘렀다. 하지만 그 움직임에는 리듬이 있다. 마치 오래된 무용수가 몸에 익은 춤을 추는 것처럼. 조심스럽게 타이밍을 맞춰 벽을 뛰어넘고, 칼을 빼들고 적과 대치하는 순간, 나는 게임을 하는 것이 아니라, 그 안에서 살아가는 듯한 기분이 들었다.

게임 속 시간은 빠르게 흘렀지만, 현실 속 시간은 멈춘 듯했다. 창밖에서는 어느새 해가 기울어 있었고, 책상 위의 커피는 차갑게 식어가고 있었다. 그러나 나는 그것을 신경 쓰지 않았다. 중요한 것은, 마지막 보스를 쓰러뜨리고, 공주를 구하는 일이었다.

        우리가 지나쳐온 것들에 대한 이야기

하지만 정말 중요한 것은 공주를 구하는 것이었을까? 아니면 그 과정을 반복하며, 자신만의 리듬을 찾아가는 것이었을까? '페르시아 왕자'는 단순한 게임이지만, 그 안에는 일종의 질서와 규칙이 있었다. 그것을 이해하고 나면, 게임은 단순한 승패를 넘어선 무언가가 되었다.

게임을 끝내고 컴퓨터를 끄자, 방 안에는 정적이 흘렀다. 모니터 속 왕자는 사라졌고, 나는 다시 현실로 돌아왔다. 하지만 어디선가, 저 깊은 곳에서, 아직도 게임의 음악이 희미하게 들리는 것 같았다. 아마도 나는 언젠가 또다시 이 게임을 하게 될 것이다. 그리고 또다시 같은 질문을 하게 될 것이다. '나는 왜 이 게임을 하고 있는 걸까?'

Moment 59 맥심과 에스콰이어

잡지는 도서관의 서가에서 하염없이 독자를 기다리는 책과는 다르다. 잡지는 한숨 돌릴 겨를도 없이 도착하고, 기다림 없이 소비된다. 문장들은 빠르게 넘겨지고, 사진은 시선을 가로챈다. 그런데 한 달이 지나면 그 존재조차 희미해진다. 그러나 어떤 잡지들은 시간이 지나도 기억에 남는다. 에스콰이어와 맥심이 그렇다.

며칠 전, 바버샵에서 머리를 다듬으며 테이블 위에

우리가 지나쳐온 것들에 대한 이야기

놓인 잡지를 집어 들었다. 한쪽에는 에스콰이어가, 다른 쪽에는 맥심이 놓여 있었다. 나는 자연스럽게 둘 다 펼쳐 보았다. 잡지를 넘기며 나는 문득 생각했다. 우리는 매일같이 새로운 정보 속에서 살아가지만, 그럼에도 불구하고 여전히 특정한 잡지를 찾아 들고 싶을 때가 있다. 왜일까? 어쩌면 그것은 단순한 정보가 아니라, 하나의 분위기와 감각을 소비하는 행위이기 때문일지도 모른다. 이러한 생각이 머릿속에서 맴돌면서, 나는 이 글을 쓰기로 했다.

에스콰이어는 무광택의 묵직한 종이처럼 존재한다. 비 오는 오후의 호텔 로비에서나, 바에서 칵테일을 기다리는 동안, 혹은 기차역의 구내서점에서 이 잡지를 펼쳤던 기억이 있다. 커다란 활자로 박힌 글들은 근엄한 문장을 두르고 있고, 인터뷰 속의 인물들은 무언가를 깊이 알고 있는 듯한 표정을 짓고 있다. 에스콰이어는 세련됨을 약속하고, 독자는 그것을 은근히 즐긴다. 마치 길거리에서 스쳐 간 낯선 사람이 남긴 좋은 향수 냄새처럼, 잡지를 덮은 후에도 그 분위기가 남는다.

반면, 맥심은 태양 아래서 반짝이는 차가운 캔맥주와 같다. 활자는 도발적이고, 색감은 과장되어 있으며, 사진 속 인물들은 현실보다 조금 더 과감하다. 맥심을 읽을 때면, 젊음과 유희가 어딘가에서 끊임없이 분출되고 있다는 느낌이 든다. 맥심은 어떤 특정한 감각을 자극하고, 독자는 그것을 적극적으로 소비한다. 마치 오래된 록 밴드의 곡이 어느 순간 라디오에서 흘러나올 때처럼, 순수한 기쁨이 깃든다.

이 두 잡지는 서로 다른 세계를 창조한다. 에스콰이어는 클래식한 정장을 차려입고 낮은 조도의 바에서 위스키를 마시는 남자의 세계이고, 맥심은 여름날 해변에서 선글라스를 걸치고 거품 가득한 맥주를 마시는 세계다. 둘 다 현실과는 미묘한 거리를 유지하

   우리가 지나쳐온 것들에 대한 이야기

며, 각자의 독자에게 자신이 속하고 싶은 분위기를 제공한다. 그러나 세상에는 언제나 중간 지점이 존재하는 법이다. 나는 가끔 에스콰이어를 읽으면서도 그 안에 약간의 장난기가 있었으면 하고 생각한다. 또한 맥심을 펼치면서도 조금 더 깊은 문장이 있었으면 한다. 사람은 누구나 우아하면서도 자유롭고 싶어 하고, 지적인 동시에 가볍고 싶어 한다. 우리는 종종 에스콰이어와 맥심 사이 어딘가에 서서, 어느 쪽으로 기울 것인가 고민한다.

아마도 잡지를 선택하는 행위는 자아를 선택하는 것과 닮아 있다. 어떤 날은 조용히 책장을 넘기고 싶고, 어떤 날은 아무 생각 없이 웃고 싶다. 중요한 것은 그 모든 선택이 우리를 이루는 요소가 된다는 사실이다. 그리고 어쩌면, 서점의 잡지 코너 앞에서 고민하는 그 순간 자체가, 우리가 진짜로 잡지를 사랑하는 순간일지도 모른다.

Moment 60 마스다 미리와 이말년

어떤 이야기는 부드러운 파도처럼 다가와 귓가에 머물고, 어떤 이야기는 폭풍처럼 몰아쳐 우리를 흔든다. 마스다 미리의 작품은 전자에 속한다. 그녀의 만화를 펼치면, 마치 오래된 단골 카페에서 한적한 오후를 보내는 기분이 든다. 바람이 살짝 스미는 창가 자리, 적당히 식은 커피, 조용한 재즈 선율. 그녀의 만화는 과장된 사건 없이도 삶의 틈새를 비추며, 우리에게 '이런 하루도 나쁘지 않지' 하고 말하는 듯하다.

        우리가 지나쳐온 것들에 대한 이야기

반면, 이말년의 작품은 완전히 다른 기류를 형성한다. 그의 만화는 가끔은 난데없이 튀어나오는 유머 같고, 가끔은 꿈속에서 봤던 기묘한 풍경 같다. 현실과 비현실이 불분명한 경계를 이루며, 독자는 어느새 그의 세계로 빨려 들어간다. 한순간 고요했던 일상이, 이말년의 한 컷 만화에 의해 전혀 다른 리듬을 타기 시작한다. 그의 만화는 일상의 작은 균열을 발견하는 것이다. 거기에 빠져 웃거나, 혹은 어리둥절한 채 페이지를 넘기게 된다.

나는 마스다 미리와 이말년을 좋아한다. 좋아한다는 말만으로는 부족하다. 그들의 작품은 마치 오랫동안 기다려온 편지 같다. 우체통을 열었을 때 뜻밖의 엽서가 들어 있거나, 도서관에서 우연히 손에 닿은 책이 내게 말을 걸어오는 순간과도 같다. 헤르만 헤세는 '우리는 자신이 읽은 책으로 만들어진다'고 했다. 그렇다면 나는 마스다 미리의 잔잔한 감성과 이말년의 기묘한 상상력으로 이루어진 것일지도 모른다.

문학 작가 중에서 이들의 작품을 떠올리게 하는 사람이 있다. 마스다 미리는 하루키의 단편 소설 같다. 그의 작품처럼, 마스다 미리의 만화는 밤늦은 시간에 조용한 방 안에서 읽으면 좋다. 따뜻한 조명 아래에서, 손끝에 머무는 종이의 감촉을 느끼며 천천히 페이지를 넘긴다. 반면, 이말년의 작품은 가와바타 야스나리의 단편 같은 순간이 있다. 전혀 예상하지 못한 방향에서 불쑥 나타나고, 짧고 강한 인상을 남긴다. 지친 퇴근길, 사람들로 가득 찬 전철 안에서 휴대폰을 꺼내 그의 만화를 읽으면, 피곤한 현실이 한 순간 뚜렷한 선명함을 가진다.

두 작가는 서로 다른 방향으로 나아가지만, 결국 같은 풍경 속에 자리한다. 마스다 미리의 일상 속에서도, 이말년의 기괴한 설정 속에서도 우리는 자신을 발견한다. 때때로 우리는 마스다 미리처럼 천천히 살

   우리가 지나쳐온 것들에 대한 이야기

아가고 싶고, 때때로 우리는 이말년처럼 예측 불가능한 세계 속으로 뛰어들고 싶어진다. 그리고 결국, 우리는 이 두 가지 감각을 번갈아 마시며 균형을 찾아간다. 한쪽 손에는 따뜻한 홍차를, 다른 손에는 강렬한 에스프레소를 쥔 채.

Moment 61 # 늙어가는 록스타를 바라보며

어느 날, 유튜브에서 엑슬 로즈의 최근 공연 영상을 보았다. 그는 여전히 무대 위에 서 있었지만, 예전과는 사뭇 달라 보였다. 한때 날렵하게 무대를 누비던 모습과 달리, 이제는 몸집이 커지고 동작도 다소 무거워진 느낌이었다. 마이크를 쥔 손은 여전히 강렬했지만, 한때 거칠게 내질렀던 목소리는 다소 거칠고 낮아져 있었다.

    우리가 지나쳐온 것들에 대한 이야기

그는 여전히 "Welcome to the Jungle"을 부르고 있었다. 하지만 그 외침은 이제 1987년의 광기와는 달랐다. 젊은 시절의 엑슬 로즈가 마치 질주하는 스포츠카 같았다면, 이제 그는 엔진 소리가 부드러워진 올드카 같았다. 묵직하고 안정적이지만, 한때 그를 따라다녔던 속도와 광기는 이제 희미한 추억이 되어 버렸다. 나는 그 노래를 들으며 생각했다. 록스타도 나이를 먹고, 몸이 변하고, 목소리가 변하고, 무대 위에서조차 시간이 흐른다는 사실을.

건즈 앤 로지스의 역사에는 수많은 흥미로운 에피소드가 있다. 그중에서도 1992년 몬트리올 공연은 유독 기억에 남는다. 메탈리카와 함께한 공연에서, 먼저 무대에 오른 메탈리카의 제임스 헷필드가 무대 화염 효과로 인해 화상을 입으며 공연이 중단되었다. 팬들은 불안에 휩싸였고, 건즈 앤 로지스가 이어서 무대를 장악할 차례였다. 하지만 엑슬 로즈는 몇 곡을 부르다가 갑자기 목 상태가 좋지 않다며 무대를 떠났다. 그 순간, 분노한 팬들이 경기장을 아수라장으로 만들었다. 불타는 의자와 산산이 조각난 장비들. 한 시대를 풍미했던 밴드는 그렇게 전설과 논란 사이에서 줄타기를 하고 있었다.

이 장면을 떠올리면, 어쩐지 헤밍웨이의 마지막 날들이 생각난다. 젊은 시절 전장을 누비고, 황소와 싸우고, 깊은 바다에서 청새치를 낚던 남자는 어느새 자신을 옭아매는 기억과 싸우고 있었다. 광기와 열정을 온몸으로 불태웠던 사람이 어느 순간 무대를 내려오는 것은 어쩌면 필연적인 일인지도 모른다. 헤밍웨이는 끝내 자신을 내려놓았지만, 엑슬 로즈는 여전히 노래를 부르고 있다. 다만, 한 박자 느리게. 한때 미친 듯이 외쳤던 무대가 이제는 조금 다른 리듬으로 남아 있을 뿐이다.

          우리가 지나쳐온 것들에 대한 이야기

어쩌면 그는 그 변화를 받아들이고 있는지도 모른다. 그의 노래는 예전처럼 날카롭지는 않지만, 어떤 면에서는 깊어졌다. 마치 오래된 위스키처럼, 더 이상 불꽃처럼 타오르지는 않지만, 대신에 부드럽게 스며드는 향이 있었다. 문제는 그 향이 누구에게나 익숙한 것이 아닐 수도 있다는 점이었다. 예전의 엑슬 로즈를 기억하는 사람들은 여전히 무대 위에서 미친 듯이 뛰던 모습을 떠올릴 것이고, 이제는 한 박자 느리게 연주하는 그에게 실망할 수도 있다.

하지만 나는 그를 이해할 수 있을 것 같았다. 우리는 모두 변한다. 좋아하던 밴드는 변하고, 좋아하던 사람도 변하고, 좋아하던 자신마저 변해간다. 그러나 그 변화가 반드시 나쁜 것만은 아닐 것이다. 단지 익숙한 것과의 거리감이 생길 뿐이다. 그리고 그 거리를 인정하는 순간, 우리는 비로소 새로운 록스타의 노래를 들을 준비가 되는 것인지도 모른다.

Moment 62 타코야키

여름이 오면 동네 노점이 하나둘 늘어난다. 마치 어디선가 비밀리에 약속이라도 한 듯, 갑자기 나타난다. 아무도 오라고 한 적 없지만, 그들은 정확한 시기에 정확한 자리에서 정확한 냄새를 풍긴다. 마치 철새들이 아무런 예고 없이 찾아오듯, 어쩌면 우리도 모르는 사이에 자연스럽게 자리를 잡는다. 그중에서도 내가 특히 신경을 쓰는 가게가 있다. 하나는 여름 한정으로 등장하는 삶은 옥수수 가게이고, 다른 하

 우리가 지나쳐온 것들에 대한 이야기

나는 계절과 상관없이 타코야키를 파는 작은 노점
이다.

　나는 타코야키를 좋아한다. 아니, 좋아한다기보다
는 일종의 의식처럼 먹는다. 타코야키는 내게 있어 소
소한 일상의 리듬 같은 것이다. 음악으로 치면 4/4박
자의 단순한 반복, 하지만 중독성이 있다. 정확히 언
제부터 좋아하게 되었는지는 기억나지 않는다. 하지
만 가끔 생각날 때면 동네 타코야키 집에 훌쩍 가서
한 판 사 먹는다. 여러 종류를 먹어봤지만, 이 집 타
코야키가 가장 입에 맞는다. 언제나 같은 자리, 같은
철판, 같은 주인이 지키고 있는 노점. 철판 위에서 반
죽이 익어가고, 주인은 능숙한 손놀림으로 타코야키
를 뒤집는다. 그 모습을 보고 있으면, 마치 오래된 레
코드판이 일정한 속도로 돌아가는 것처럼 안정된 느
낌이 든다.

그날은 유난히 타코야키가 먹고 싶었다. 이유는 중요하지 않다. 마치 우연히 듣게 된 오래된 팝송처럼, 타코야키는 내 머릿속에서 재생되기 시작했고, 그러면 끝이다. 사 먹어야 한다. 무조건. 이유는 없다. 이유가 있을 필요도 없다. 어떤 날은 타코야키가, 어떤 날은 아이스커피가, 또 어떤 날은 낡은 소설책이 간절하게 느껴지는 법이다. 아침부터 비가 내렸다가 갠 뒤, 눅눅한 공기가 남아 있었고, 길거리에 퍼지는 기름 냄새가 유난히 강하게 다가왔다. 어쩌면 그것 때문이었을지도 모른다. 나는 옥수수 가게를 지나쳤다. 옥수수도 나쁘지 않다. 하지만 오늘은 아니었다. 삶은 옥수수가 나를 부르지 않는 날이 있다. 오늘이 바로 그런 날이었다. 노랗게 익은 옥수수들이 줄지어 서 있었지만, 오늘의 나는 그것을 원하지 않았다. 나는 타코야키를 원했다.

 우리가 지나쳐온 것들에 대한 이야기

주문을 넣고 기다리는 동안 철판 위에서 문어 조각이 데굴데굴 굴러다녔다. 주인은 반죽을 둥글게 빚어 올리고, 소스를 듬뿍 바른 후 마요네즈를 예술적인 곡선으로 뿌렸다. 가쓰오부시가 춤을 추듯 흔들렸다. 한 개를 집어 들었다. 타코야키는 내 손안에서 작은 행성처럼 온기를 머금고 있었다. 조심스럽게 입에 넣고, 혀를 데지 않도록 천천히 씹었다. 겉은 바삭하고, 속은 부드럽고, 짭조름한 문어가 씹혔다. 순간, 도톤보리에서 먹었던 타코야키가 떠올랐다. 그러고 보니, 오사카에 갔던 건 몇 년 전이었다. 무더운 여름밤, 도톤보리 강변을 따라 늘어선 네온사인이 어둠 속에서 붉고 푸르게 빛나고 있었다. 사람들은 저마다 손에 무언가를 들고 먹으며 걸었고, 그중에서도 가장 많았던 것은 타코야키였다.

도톤보리 거리. 철판에서 지글지글 익어가는 타코야키 냄새가 골목을 가득 채웠고, 사람들은 줄을 서서 그것을 기다렸다. 어느 노점에서나 같은 풍경, 같은 냄새, 같은 맛. 하지만 막상 한 입 베어 물면 조금씩 달랐다. 소스의 단맛과 마요네즈의 농도가 다르고, 문어 조각의 크기도 다르다. 그래도, 그런 미묘한 차이가 오히려 좋았다. 그곳에서 나는 타코야키 한 판을 사 들고 거리를 걸었다. 철판에서 갓 구운 타코야키는 뜨겁고, 짭조름하고, 부드러웠다. 그날의 그 맛. 아니, 사실 정확한 맛을 기억하고 있는 건 아닐지도 모른다. 기억은 언제나 조금씩 변하고, 미화되거나 흐려지니까. 하지만 지금 내 손에 들린 타코야키는 분명 그 기억과 겹쳐졌다. 한 입 베어 물자, 오사카의 열기와 붐비는 거리의 소음이 순간적으로 나를 감쌌다. 한 입 베어 물자, 나는 순간적으로 도톤보리 거리 한복판에 서 있는 듯했다. 물론 맛이 완벽히 일치하는 것은 아니었다. 하지만 충분히 닮아 있었다. 맛이 아니라면, 적어도 그때의 감각은 그대로였다.

　　　　　우리가 지나쳐온 것들에 대한 이야기

나는 한동안 그 감각을 음미했다. 그리고 문득 생각했다. 어쩌면 인생은 타코야키 같은 게 아닐까? 뜨겁고, 부드럽고, 때론 예측할 수 없이 문어 조각이 씹히고, 가쓰오부시는 바람에 날린다. 그러나 결국 우리는 그것을 삼킨다. 빈 포장지를 접어 주머니에 넣었다. 바람이 불어와 가쓰오부시 한 조각이 흩날렸다. 나는 다시 길을 걸었다.

Moment 63 수비드

아침 일찍 눈을 뜨면 아직 어둠이 채 가시지 않은 창 밖을 본다. 요즘 같은 날이면 문득 수비드로 조리된 음식이 떠오른다. 규칙적이고 절제된 방식으로 익혀진 고기를 한 조각 입에 넣었을 때의 감촉, 촉촉하게 살아있는 육즙. 나는 수비드를 직접 해보지는 않지만, 그 요리법이 만들어내는 결과물을 좋아한다. 가끔 시간이 날 때면 수비드 요리를 잘하는 레스토랑을 찾아가 그 섬세한 맛을 음미한다.

 우리가 지나쳐온 것들에 대한 이야기

수비드는 기다림의 요리다. 아주 오랜 시간을 들여 아주 미세한 온도 차이 속에서 재료를 천천히 조리한다. 급하게 끓이거나 빠르게 익히는 것이 아니라, 그저 시간과 물이 자연스럽게 만들어가는 흐름을 따른다. 기다림의 미학, 혹은 기다림의 수고로움이라고 해야 할까. 처음엔 음식이 이렇게까지 오래 걸려야 할 이유가 있을까 싶었지만, 몇 번 먹어본 뒤에는 이 방식이 주는 깊이를 이해하게 되었다. 뜨거운 팬 위에서 순식간에 익혀지는 고기보다, 시간과 온도가 천천히 만들어낸 고기가 훨씬 더 부드럽고 깊은 맛을 낸다. 마치 사람과 사람 사이의 관계처럼, 시간이 쌓여야만 비로소 드러나는 무언가가 있다.

처음 수비드를 접했을 때, 나는 사실 이 방식이 나와는 맞지 않는다고 생각했다. 나는 원래 즉각적인 반응을 좋아하는 타입이었다. 오븐에 넣고 기다리는 것도 답답한데, 몇 시간씩 물속에서 조리된다는 건 도무지 이해가 되지 않았다. 하지만 어느 날, 미디엄 레어로 완벽하게 조리된 수비드 스테이크를 먹었을 때 깨달았다. 그 부드러움과 육즙, 그리고 고기의 본질적인 맛이 오롯이 살아있는 그 순간. 나는 수비드라는 조리법을 좋아하게 되었다. 그것은 단순한 요리 방식이 아니라, 일종의 철학이었다. 조급함을 버리고, 시간을 믿고, 자연의 흐름을 따르는 것.

현대사회는 너무 빠르게 돌아간다. 모든 것이 즉각적이어야 하고, 모든 과정은 효율적이어야 한다. 하지만 나는 가끔 그런 속도에서 벗어나고 싶다. 수비드는 그런 내게 작은 도피처 같은 존재다. 조급하지 않아도 괜찮다고, 천천히 해도 충분하다고 말해주는 요리법. 한 조각의 고기가 몇 시간에 걸쳐 그 자체로서의 맛을 완성해가듯, 우리도 어쩌면 조금 더 천천히 살아가야 하는 것이 아닐까.

     우리가 지나쳐온 것들에 대한 이야기

가끔 수비드로 조리된 고기를 먹으러 가면, 마지막
으로 뜨거운 팬 위에 올려 살짝 겉면을 태우는 과정
을 지켜보게 된다. 겉은 바삭하고 속은 촉촉한 균형.
그것은 마치 삶의 적당한 긴장감과 여유로움이 공존
하는 상태와 닮아있다. 나는 조심스럽게 한 조각을
잘라 입에 넣는다. 그리고 천천히 씹으며 생각한다.
아마도 인생이란 이런 맛이 아닐까. 시간이 만들어내
는 깊은 맛.

Moment 64 츠케멘

홍대의 좁은 골목길을 걷다 보면, 어느 순간 츠케멘이 먹고 싶어진다. 마치 오래전 잃어버린 문장을 우연히 되찾은 것처럼, 그날따라 그 맛이 떠오른다. 그렇게 생각하며 걷다 보면, 작은 라멘 가게 하나가 자연스럽게 시야에 들어온다. 간판은 오래되어 글씨가 희미해졌고, 문 앞에는 두세 명의 손님이 기다리고 있다. 굳이 츠케멘을 먹겠다고 계획했던 건 아니지만, 가게 앞을 지나는 순간 머릿속 어딘가에서 '여기야'

 우리가 지나쳐온 것들에 대한 이야기

라는 목소리가 들린다. 나는 자연스럽게 줄의 끝에 선다.

가게 안은 아늑하다. 오픈형 주방에서는 주인이 마치 세공사처럼 국물을 끓이고 면을 조심스럽게 건져 올린다. 뜨거운 김이 뿜어져 나오며, 가게 전체를 감싸는 육수 향이 마치 오래된 기억을 끌어올리는 듯하다. 김이 모락모락 올라오고, 진한 가다랑어 육수 향이 가게를 가득 채운다. 자리에 앉아 메뉴판을 훑는다. 사실 볼 것도 없다. 츠케멘. 일반 라멘과 달리, 면과 국물이 따로 나오는 것이 특징이다. 뜨거운 국물에 적셔 먹는 방식이 아닌, 진한 농도의 육수에 면을 담가 한 입씩 음미하는 음식이다. 항상 먹는 메뉴다. 따로 고민할 필요도 없이 주문을 넣는다. "츠케멘 하나요."

잠시 후, 반짝이는 면과 짙은 밤하늘 같은 국물이 나란히 놓인다. 면은 탱탱하게 탄력을 머금고 있고,

국물은 깊은 감칠맛을 머금고 있다. 젓가락을 들어 면을 국물에 담근다. 이 과정은 마치 작은 의식처럼 느껴진다. 너무 오래 담가도 안 되고, 너무 짧아도 안 된다. 젓가락을 들어 면을 국물에 담근다. 너무 오래 담가서도 안 되고, 너무 짧아서도 안 된다. 적당한 순간을 기다려 후루룩. 따뜻한 국물이 면에 감기고, 감칠맛이 혀를 감싼다. 그 순간, 기억의 문이 열린다. 도쿄의 한 골목, 비에 젖은 포장도로, 그리고 그곳에서 처음 먹었던 츠케멘. 비 내리는 시부야의 작은 가게에서 혼자 앉아 조용히 면을 삼키던 그날의 나. 도쿄에서 처음 츠케멘을 먹었을 때. 여행 마지막 날, 비 내리는 시부야의 작은 가게에서 혼자 앉아 조용히 면을 삼키던 그때.

그때와 지금, 맛은 다를 수도 있다. 하지만 츠케멘은 그 특유의 방식 덕분에 면과 국물의 조화가 더욱 뚜렷하게 느껴진다. 면의 탄력과 국물의 깊은 감칠맛

　　　　　우리가 지나쳐온 것들에 대한 이야기

이 조화롭게 어우러지는 것이 츠케멘의 매력이다. 하지만 이 한 그릇이 주는 위로는 여전하다. 국물을 한 모금 더 마신다. 가게 안의 따뜻한 공기가 몸을 감싼다. 이제는 추억이 아니라, 현재의 한 조각으로 남는다. 그릇을 비우고 자리에서 일어난다. 가게를 나서며 홍대의 밤공기를 마신다. 불빛은 여전히 흐릿하고, 거리는 여전히 붐빈다. 하지만 입안에는 츠케멘의 온기가 남아 있다. 다음에도, 언젠가 또다시 이곳으로 이끌릴 것이다. '아마 다음에도 또 오겠지.'

Moment 65 잠옷

나는 5년 동안 같은 잠옷을 입었다. 그것은 아내가 사준 귀여운 사슴이 그려진 파란색 잠옷이었다. 처음에는 별 감흥이 없었다. 그냥 편한 옷이 하나 생긴 것뿐이었다. 하지만 어느새 몸에 딱 맞는, 오래된 소파 같은 존재가 되어 버렸다. 해지고 낡았지만, 손에서 쉽게 놓을 수 없는 물건. 그러던 어느 날, 퇴근하고 집에 돌아오니 식탁 위에 낯선 바지가 놓여 있었다.

아내는 팔짱을 낀 채 나를 바라보았다.

　　우리가 지나쳐온 것들에 대한 이야기

"그거 네 거야."

나는 바지를 들어 올려 살폈다. 낯선 색, 낯선 촉감. 사슴이 나를 올려다보는 듯했다.

"이게 왜 내 거야?"

아내는 한숨을 쉬었다.

"원래 채린이(딸) 거였는데, 사이즈를 잘못 샀어. 근데 보니까 너한테 더 잘 맞을 것 같더라고."

나는 그 말을 듣고 잠시 멈칫했다. 딸의 옷을 물려받는 아버지. 어쩐지 이상했다. 하지만 손끝으로 바지를 문질러 보니 생각보다 부드러웠다. 그냥 입어 볼까, 고민할 새도 없이 아내는 손짓으로 그 낯선 잠옷을 내 방으로 밀어 넣었다.

그렇게 나는 새로운 잠옷을 입고 침대에 누웠다. 원래 입던 것과는 확실히 달랐다. 낯설지만 싫지는 않았다. 마치 오랫동안 듣던 LP 대신, 처음 들어보는 재즈 레코드를 틀어놓은 기분. 원래 입던 잠옷과는 확실히 느낌이 달랐다. 피부에 닿는 감촉이 낯설면서도 기분이 좋았다. 마치 가을이 시작될 무렵 첫 번째로 긴 소매 옷을 꺼내 입었을 때의 느낌. 조금 어색하지만, 곧 익숙해질 것 같은 감각. 그동안 나는 이런 기분을 몰랐던 걸까? 아니면 그냥 잊고 있었던 걸까?

잠옷 하나 바꿨을 뿐인데, 내 일상이 미묘하게 달라졌다. 침대에 눕는 순간, 부드러운 촉감이 온몸을 감싸면서 기분 좋은 나른함이 밀려왔다. 마치 따뜻한 차 한 잔을 마시고 난 후의 온기처럼. 나는 한 번도 깨지 않고 푹 잤다. 그리고 아침이 왔다.

새로운 잠옷을 입고 처음 맞이한 아침. 나는 가만히 누워 천장을 바라보았다. 창문 너머로 희미한 햇살이 스며들었다. 그리고 문득 생각했다. 좋은 밤이란, 어쩌면 새로운 잠옷과 함께 예기치 않게 찾아오는 것인지도 모른다고. 어쩌면 좋은 밤이란, 좋은 잠옷에서 시작되는 것일지도 모른다고.

       우리가 지나쳐온 것들에 대한 이야기

Moment 66 가지튀김

가지는 어릴 때부터 싫었다. 특히 가지무침. 접시에 담긴 윤기 흐르는 보라색 덩어리를 보면, 어린 나는 본능적으로 고개를 돌렸다. 가지 특유의 흐물거리는 식감, 씹을수록 퍼지는 미묘한 쓴맛. 도무지 입에 넣고 싶지 않은 음식이었다. 나는 가족들에게 선언했다. "나는 가지를 먹지 않겠습니다."

하지만 문제는, 세상에는 생각보다 많은 요리에 가지가 들어간다는 것이었다. 가지볶음, 마파두부,

바바가누쉬, 그리고 그릴드 채소 플래터에도 가지가 올라가는 경우가 있었다. 나는 그때마다 조용히 가지를 골라내며 살았다. 가지와 나 사이에는 보이지 않는 경계선이 있었다. 나는 절대 그것을 넘지 않을 생각이었다.

그러던 어느 날이었다. 친구와 함께 일본식 튀김 덮밥을 먹으러 갔다. 김이 모락모락 나는 그릇 안에는 바삭한 새우튀김, 고구마튀김, 그리고 정체불명의 튀김 하나가 들어 있었다. 나는 별생각 없이 젓가락으로 집어 한입 베어 물었다. 겉은 바삭하고 속은 부드러웠다. 약간 달큰한 맛도 났다.

"이거 뭐야? 맛있다."

친구는 태연하게 대답했다.

"가지튀김."

나는 순간 당황했다. 하지만 이미 씹어 삼킨 후였다. 그리고 솔직히 말하면, 나쁘지 않았다. 아니, 꽤

     우리가 지나쳐온 것들에 대한 이야기

괜찮았다. 나는 젓가락을 다시 들고 가지튀김을 하나 더 집었다. 그리고 깨달았다. 가지무침은 싫지만, 가지튀김은 좋아할 수도 있겠다고.

그 후로도 가지무침은 여전히 먹지 않는다. 하지만 가끔 가지튀김을 보면 한 조각쯤 먹어볼까 하는 생각은 든다. 인생에는 그런 것들이 있다. 같은 재료라도 어떻게 조리하느냐에 따라 전혀 다른 경험이 되는 것. 가지를 무쳐 놓으면 고개를 돌리지만, 바삭하게 튀겨 놓으면 젓가락이 먼저 가는 것. 나는 여전히 가지를 좋아한다고 말할 수 없지만, 적어도 튀김 상태의 가지는 예외로 두기로 했다.

그 정도면, 가지와 나 사이의 관계도 조금은 나아진 셈이다.

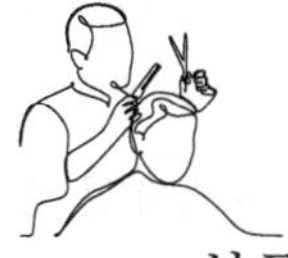

Moment 67 ## 블루클럽과 블루문 특급

나는 비슷한 단어를 연관 지어 생각하는 버릇이 있다. 이를테면 블루클럽에 갈 때마다 '블루문 특급(Moonlighting)'을 떠올린다. 아무리 봐도 두 곳은 본질적으로 아무런 관계가 없다. 하나는 저렴한 이발소이고, 하나는 오래된 미국 드라마다. 하지만 내 머릿속에서는 이런 것들이 아주 자연스럽게 연결된다. 마치 무심코 꽂아둔 책갈피 사이에서 오래된 영수증이 튀어나오는 것처럼.

　우리가 지나쳐온 것들에 대한 이야기

블루클럽의 내부는 불필요할 정도로 단순하다. 벽은 희미하게 바랜 푸른색이고, 커다란 거울이 벽을 따라 길게 늘어서 있다. 의자는 줄 맞춰 놓인 장기말처럼 정돈되어 있다. 나는 언제나 그중 한 자리에 앉아, 사각거리는 가위 소리와 머리카락이 바닥에 떨어지는 소리를 듣는다. 그러면 그곳이 마치 블루문 탐정사무소처럼 느껴진다. 드라마 속 데이빗(브루스 윌리스)은 기울어진 문에 몸을 기대고 장난스러운 표정으로 사건을 풀어나갔는데, 블루클럽의 이발사들도 대체로 비슷한 태도를 가지고 있다. 별다른 감정 없이, 하지만 익숙하고도 능숙한 손놀림으로 머리카락을 다듬는다. "앞머리는 좀 더 남길까요?" 이발사가 묻는다. 순간적으로 탐정의 수수께끼 같은 질문처럼 들린다.

블루문 특급에서 사건은 늘 우연처럼 시작되었다. 단서 하나가 엉뚱한 방향으로 흘러가고, 예상치 못한 반전이 등장한다.

블루클럽에서도 마찬가지다. 처음에는 단순한 이발 과정이라고 생각했는데, 어느새 거울 속의 나는 조금 다른 사람이 되어 있다. 마치 블루문 탐정들이 어지러운 단서 속에서 하나의 진실을 찾아내는 것처럼, 이발사는 흐트러진 머리카락 속에서 하나의 형태를 만들어낸다.

마지막 손질이 끝난다. 거울을 통해 내 뒷모습을 확인하고, 나는 조용히 고개를 끄덕인다. 아주 새로운 사람은 아니지만, 그래도 조금은 다듬어진 모습. 블루문 특급의 엔딩도 늘 그랬다. 모든 사건이 해결되고도 어딘가 조금 어수선한 분위기, 그럼에도 불구하고 다음을 향해 나아가는 느낌.

나는 블루클럽을 나서며 다시 생각한다. 다음에 이곳에 오면, 나는 또 블루문 특급을 떠올리겠지. 그리고 어쩌면 그때쯤이면, 다른 새로운 연결고리가 생겨 있을지도 모른다. 머리카락이 자라는 것처럼, 연상도 자란다.

 우리가 지나쳐온 것들에 대한 이야기

Moment 68 마이클 제이 폭스와 브루스 윌리스

최근 브루스 윌리스의 영화를 다시 보았다. 채널을 돌리는데 우연히 '다이 하드'가 나왔고, 나는 영화가 끝날 때까지 빠져들었다. 맨발로 유리 조각 위를 뛰어다니고, 피투성이가 된 채 마지막까지 싸우는 그의 모습은 여전히 강렬했다. 하지만 가장 기억에 남은 장면은 화려한 액션이 아니었다. 영화의 마지막, 카메라를 응시하며 허탈하게 짓던 미소. 그 표정이 머릿속에서 좀처럼 사라지지 않았다.

어떤 배우들은 특정한 시대를 대표한다. 마이클 제이 폭스와 브루스 윌리스도 그랬다. 둘은 전혀 다른 스타일이지만, 내게는 묘하게 연결되어 있다. 어쩌면 80년대와 90년대를 오가며 그들을 계속 마주쳐서일지도 모른다. 마이클 제이 폭스가 '백 투 더 퓨처'에서 시간을 넘나들 때, 브루스 윌리스는 '다이 하드'에서 엘리베이터 샤프트를 기어오르고 있었다.

하나는 유머와 재치로 가득한 청춘의 아이콘이었고, 다른 하나는 강인한 액션 히어로였다. 겉보기에는 전혀 다른 길을 걸어온 것 같지만, 지금 그들은 같은 운명을 마주하고 있다. 브루스 윌리스는 전측두엽 치매(FTD)와 싸우고 있고, 마이클 제이 폭스는 오랜 세월 파킨슨병과 함께 살아가고 있다.

마이클 제이 폭스는 언제나 경쾌했다. '패밀리 타이즈'에서든, '백 투 더 퓨처'에서든 그의 캐릭터는 긍정적이고 재빠르며, 반응이 날카로웠다. 마치 인생은

     우리가 지나쳐온 것들에 대한 이야기

즉각적인 선택의 연속이며, 거기에 어떻게 반응하느냐가 우리를 결정짓는다는 듯이.

반면 브루스 윌리스는 거칠고 강인했다. '블루문 특급'에서는 장난기 가득한 탐정이었지만, '다이 하드'에서는 진짜 영웅이 되었다. 폭탄이 터지고 빌딩이 무너지는 와중에도, 그는 끈질기게 싸우고 씁쓸한 농담을 던졌다. 고통을 견디면서도 끝까지 나아가는 모습. 삶이 순탄치 않더라도 어떻게든 버텨낼 수 있다는 것을 보여주는 배우였다.

하지만 시간이 흐르면서 두 배우 모두 더 이상 예전처럼 움직일 수 없게 되었다. 마이클 제이 폭스는 자신의 몸이 예전처럼 따라주지 않음을 받아들이면서도, 여전히 유머를 잃지 않는다. 그는 재단을 운영하며 같은 병을 앓는 사람들을 돕고 있다. 반면, 브루스 윌리스는 점점 기억을 잃어가며 카메라 앞을 떠났다. 그의 가족과 팬들은 그가 남긴 흔적을 기억하며 애틋함을 느낀다.

　나는 종종 생각한다. 우리는 마이클 제이 폭스처럼 속도를 내며 살고 싶은가, 아니면 브루스 윌리스처럼 버티며 살아가고 싶은가? 어떤 날은 빠르게 움직이고 싶고, 또 어떤 날은 조용히 한 걸음씩 내디디고 싶다. 하지만 결국 우리 모두는 저마다의 방식으로 싸우고 있다. 그리고 삶이란, 부서지면서도 계속 나아가는 것인지도 모른다. 마치 브루스 윌리스가 피투성이 얼굴로 마지막에 지었던 그 미소처럼.

　　우리가 지나쳐온 것들에 대한 이야기

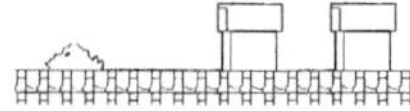

Moment 69 슈퍼 마리오

아침 공기는 여전히 차갑다. 창문을 열자마자 익숙한 소리가 흘러나온다. '두둥-뚜둥-뚜둥-뚜둥.' 슈퍼 마리오 브라더스의 테마곡이다. 몇 번 반복되는 멜로디만으로도 잊고 있던 감각들이 하나둘 되살아난다. 그 곡을 들으면 자연스럽게 1980년대 여름이 떠오른다. 방바닥에 엎드려 패미컴 컨트롤러를 움켜쥐고 있던 어린 시절. 붉은 모자를 쓴 작은 배관공이 벽돌을 깨뜨리고, 구멍을 뛰어넘고, 깃발을 붙잡고 미끄러지는 그 순간까지. 배경음악은 모든 움직임과 절묘하게 어우러졌다.

최근 다시 슈퍼 마리오를 해봤다. 1980년대 발매된 오리지널 버전이었다. 하지만 게임보다도 나를 사로잡은 것은 음악이었다. 단순한 멜로디가 머릿속을 맴돌고, 과거의 감각이 차츰 살아났다. 물론 픽셀 그래픽은 여전히 그대로지만, 화면을 다시 마주하니 더 선명하게 보였고, 조작감도 여전히 익숙했다. 하지만 진짜 핵심은 변하지 않았다. 음악이 흐르면 그때의 나는 그대로였다.

닌텐도의 작곡가 콘도 코지는 게임의 동작과 조화를 이루는 음악을 만드는 데 심혈을 기울였다고 한다. 단순한 배경음이 아니라, 마리오의 세계가 살아 숨 쉬게 하는 중요한 요소로 작용하도록. 음악은 단순하지만 강렬하다. 스타를 먹었을 때의 경쾌한 멜로디는 한계를 넘어 질주하도록 유도했고, 지하 스테이

     우리가 지나쳐온 것들에 대한 이야기

지의 낮고 반복적인 베이스음은 알 수 없는 긴장감을 불러일으켰다. 음악과 게임이 하나가 되는 순간이었다.

슈퍼 마리오 브라더스의 테마곡은 단순하면서도 결코 질리지 않는다. 오히려 오래 남는다. 짧은 코드 진행과 반복되는 리듬 속에서, 우리는 기억을 소환하고 새로운 추억을 쌓는다. 이 곡은 재즈로 편곡되기도 하고, 록으로 변주되기도 하며, 오케스트라 연주로 웅장하게 재해석되기도 한다. 심지어 빌보드 벨소리 차트에도 오른 적이 있다. 그러나 어떤 방식으로 변주되든, 본질은 변하지 않는다. 언제 어디서든 이 곡을 들으면, 우리는 다시 1985년의 여름으로 돌아가게 된다.

음악은 기억을 보존하는 장치다. 어린 시절, 퇴근한 아버지가 신문을 펼치던 소리, 부엌에서 요리가 완성되는 냄새, 창밖에서 들려오던 매미 소리처럼, 슈퍼 마리오 브라더스의 테마곡도 우리를 과거로 데려다 놓는다. 게임을 하지 않아도, 멜로디 하나만으로도. 그래서 우리는 때때로 아무 이유 없이 이 곡을 흥얼 거리는 것인지도 모른다. 그것이 바로 레트로 게임 음악이 가진 힘이다.

오늘도 그 곡을 듣는다. 어느덧 어린 시절의 나이를 훌쩍 넘어섰고, 세상은 상상도 못 했던 기술로 가득해졌다. 그러나 그 모든 변화 속에서도 나는 여전히 이 곡을 듣고 있다. 그리고 이 곡이 있는 한, 아마도 나는 언제까지나 마리오와 함께 점프할 것이다.

Moment 70 시인과 록스타는 왜 요절하는가

아침의 공기가 제법 차가워졌다. 여름이 끝나고 가을
이 오는 것을, 나는 매번 바람의 촉감으로 먼저 알아
챈다. 창가에 앉아 커피를 마시며 신문을 넘긴다. '전
설적인 록스타, 요절.' 어디선가 본 듯한, 너무나 익
숙한 문구다. 그 밑에는 그가 남긴 마지막 인터뷰와,
친구들의 애도, 그리고 그의 곡들이 다시 차트에 오
르고 있다는 기사들이 빼곡하게 적혀 있다. 마치 반
복 재생되는 낡은 레코드처럼.

시인과 록스타는 어째서 그렇게 일찍 세상을 떠나는 것일까. 역사 속을 들춰보면, 유명한 시인과 록스타들은 대부분 짧고 강렬한 생을 살다 갔다. 27세 클럽이라는 말도 있다. 커트 코베인, 짐 모리슨, 재니스 조플린, 그리고 너무나도 유명한 지미 헨드릭스. 그들의 삶은 불꽃처럼 타오르다 사라졌다. 하지만 그게 단순한 우연일까? 혹은 어떤 필연적인 구조 속에서 반복되는 하나의 패턴일까.

시는 감정을 극단까지 밀어붙인다. 그리고 록 음악도 마찬가지다. 사람들은 그들의 목소리에서, 가사에서, 그들의 선율에서 강렬한 감정을 찾는다. 그것이 사랑이든, 고독이든, 분노든, 그 감정은 순수하고 거칠다. 감정을 있는 그대로 내던지는 것이 시인과 록스타의 운명이라면, 그 감정의 무게를 견디지 못하는 것도 어쩌면 필연적인 일일지도 모른다.

      우리가 지나쳐온 것들에 대한 이야기

하지만 모든 시인과 록스타가 요절하는 것은 아니다. 밥 딜런은 아직 살아 있고, 폴 매카트니도 여전히 노래한다. 그들 사이에는 어떤 차이점이 존재했던 걸까? 한 가지 분명한 건, 그들이 만든 노래나 시가 반드시 요절과 직결되는 것은 아니라는 점이다. 결국 그들의 생과 죽음은 우리가 상상하는 것보다 훨씬 복잡한 층위에 놓여 있을 것이다. 너무 깊이 들여다보면, 마치 만지면 사라질 듯한 안개 같은 것.

창밖을 보니 단풍잎이 하나 둘 떨어진다. 문득 레너드 코헨의 가사를 떠올린다. "There is a crack in everything, that's how the light gets in." 모든 것에는 균열이 있고, 그 틈으로 빛이 들어온다. 그들의 요절이, 우리가 미처 보지 못한 틈으로 새어 나오는 빛 같은 것이었을까. 아니면, 우리는 그저 지나간 사람들의 흔적을 보고 있을 뿐일까.

Moment 71 토스트

아침의 고요한 공기를 깨우는 것은 종종 커피 머신이 내뿜는 김이지만, 오늘은 다르게 시작했다. 바삭하게 구워진 토스트 한 조각. 버터를 얹으면 서서히 스며들고, 그 위에 딸기잼을 바르면 붉은빛이 은은하게 퍼진다. 간단하지만 완벽한 식사.

토스트라는 것은 흥미로운 음식이다. 원래 빵은 부드럽고 수분을 머금고 있다. 하지만 열을 가하면 그 특성이 완전히 변한다. 표면은 바삭해지고, 속은

   우리가 지나쳐온 것들에 대한 이야기

고소해진다. 한 조각의 빵이 시간이 지나면서 변화하는 과정. 어쩌면 우리의 삶도 이와 닮아 있는지도 모른다. 적당한 열이 가해지면 더 깊은 풍미가 우러나오지만, 너무 과하면 그을려 버린다.

토스트는 세계 어디에서나 사랑받는다. 어떤 사람은 아보카도를 얹고, 어떤 사람은 계란 프라이를 곁들인다. 또 어떤 이는 단순히 설탕을 뿌려 먹는다. 방법은 무궁무진하지만, 본질은 같다. 적당한 온도에서 서서히 익어가는 것.

어릴 적, 집에서 토스트를 구울 때면 나는 항상 빵이 구워지는 동안 토스터 앞에서 기다리곤 했다. 딸깍 소리가 나면, 갓 구운 빵을 잽싸게 꺼내어 뜨거운 열기가 가시기 전에 한입 베어 물었다. 그 작은 순간이 주는 만족감이란.

어쩌면 토스트란 단순한 음식이 아니라, 우리 삶 속에서 소소한 기쁨을 제공하는 하나의 방식일지도 모른다. 바쁜 아침, 간단한 한 끼. 하지만 그 안에는 어떤 작은 위로가 녹아 있다. 그래서 오늘도 나는 토스트 한 조각을 굽는다.

 우리가 지나쳐온 것들에 대한 이야기

Moment 72 문학전집과 만화전집

책장을 정리하다 문학전집과 만화전집을 동시에 꺼
냈다. 한쪽에는 헤르만 헤세, 마르케스, 버지니아 울
프 같은 작가들의 묵직한 문장이 켜켜이 쌓여 있었
고, 다른 한쪽에는 '아키라', '유리가면', '베르세르크'
같은 강렬한 서사가 넘실대는 만화들이 자리 잡고 있
었다. 마치 한쪽에는 장인의 손길로 빚어진 도자기들
이, 다른 한쪽에는 시끌벅적한 야시장 포장마차가
펼쳐진 것 같은 느낌이었다. 나는 둘을 번갈아 바라

보았다. "어느 쪽이든 적당한 온도로 즐기면 좋겠지만, 가끔은 너무 빠져들어 정신을 못 차리게 되지."

어릴 적 나는 만화책 속에서 살았다. 학교가 끝나면 동네 대여점에 들러 몇 시간이고 만화책을 읽었다. 부모님은 항상 "책을 읽어야 한다"고 말씀하셨지만, 나는 반박했다. "이것도 책이야." 하지만 어른들에게 만화책은 어디까지나 '진짜 책'의 이종사촌쯤 되는 존재였다. 그러거나 말거나, 내게는 만화 속 말풍선이 소설 속 긴 문장보다 더 진지하고 절실했다. 그림 속 인물들은 마치 현실보다 더 생생하게 살아 움직였고, 페이지를 넘길 때마다 세상은 더 넓어졌다.

그러다 중학생이 되던 어느 날, 아버지의 책장에서 '데미안'을 꺼냈다. 처음엔 도통 무슨 말인지 알 수 없었다. 그러나 몇 장을 넘기자 이상하게도 익숙한 감각이 느껴졌다. 이야기 속 주인공이 성장하는 과정이, 내가 좋아했던 만화 캐릭터들의 여정과 닮아 있

       우리가 지나쳐온 것들에 대한 이야기

었기 때문이다. 문학도 만화도 결국 같은 방식으로 나를 이야기 속으로 끌어들이고 있었다. 차이가 있다면, 하나는 은은한 재즈 같았고, 다른 하나는 록 페스티벌 한가운데에 서 있는 것 같은 기분이랄까.

대학 시절, 도스토옙스키의 '죄와 벌'을 읽으며 나는 또 다른 몰입의 방식을 경험했다. 문학은 한 장면을 몇 페이지에 걸쳐 세밀하게 파고들었고, 만화는 단 한 컷에 모든 감정을 응축해 담아냈다. 마치 천천히 우러나는 깊은 국물과 즉각적인 강렬한 향신료 같은 차이였다. 하지만 둘 다 결국은 마음속 깊이 스며드는 여운을 남겼다. 그리고 무엇보다 중요한 것은, 국물이든 향신료든 결국 맛있으면 되는 거다.

이제 나는 책장을 바라볼 때마다 두 전집이 나란히 놓여 있다는 것이 기쁘다. 한쪽에는 묵직한 문장들이 나를 깊이 끌어당기고, 다른 한쪽에는 거침없는 이야기들이 내 등을 떠밀며 앞으로 나아가게 한다. 어느 날은 활자의 숲에서 길을 잃고, 또 어느 날은 그림의 파도 속에서 떠다닌다. 문학이든 만화든 중요한 건 결국 같은 곳에 닿는다는 것이다. 커피를 마시든, 맥주를 마시든, 결국엔 모두 목을 적시고 흘러가는 것이니까.

우리가 지나쳐온 것들에 대한 이야기

Moment 73 청소기

차이슨은 다이슨을 닮은 중국산 무선 청소기다. '닮았다'고 하면 좀 애매한데, 대충 보면 비슷하지만 가까이에서 보면 미묘하게 어색한 부분이 있다. 마치 유명 화가의 그림을 정성껏 따라 그린 포스터 같은 느낌이랄까. 그래도 가격은 다이슨의 반도 안 되니까, 이 정도면 양심적인 닮음이라고 할 수 있다.

나는 원래 다이슨을 사고 싶었다. 누구나 그렇지 않나? 하지만 가격표를 보는 순간, 생각이 조금 달라진다. 왜냐? 나는 주머니 사정을 고려해야 할 나이니까. 대신 차이슨의 광고를 봤다. '강력한 흡입력!' '혁신적인 디자인!' 영상 속 청소기는 기분 좋은 소리를 내며 먼지를 순식간에 삼켜버렸다. 화면에선 확실히 그랬다.

처음 사용했을 때는 꽤 괜찮았다. 버튼을 누르면 우렁찬 소리를 내며 먼지를 빨아들였다. '오, 이 정도면 충분한데?'라고 생각했다. 하지만 기쁨은 오래가지 않았다. 소파 옆, 테이블 다리 근처, 그리고 주방 구석. 사각지대의 먼지들이 태연하게 자리를 지키고 있었다. 마치 '우리는 여기에 남겠다'는 결의라도 한 듯이. 청소기를 이리저리 돌려봤지만, 그들은 요지부동이었다. 이쯤 되면 청소기가 먼지를 빨아들이는 건지, 먼지가 청소기를 비웃고 있는 건지 헷갈릴 정도였다.

     우리가 지나쳐온 것들에 대한 이야기

그래서 나는 청소기 검색을 다시 시작했다. 완벽한 청소기란 존재할까? 강력한 흡입력, 가벼운 무게, 긴 배터리, 사각지대까지 말끔하게 청소하는 헤드. 이런 모든 조건을 만족하는 제품이 있다면, 나는 기꺼이 내 지갑을 열 의향이 있었다. 하지만 리뷰를 읽다 보면 깨닫는다. '흡입력은 좋은데 무겁다', '가벼운데 소음이 심하다', '잘 되긴 하는데 가격이 너무 비싸다.' 인생과 비슷하다. 뭔가를 해결하면 다른 문제가 따라온다.

결국, 나는 다시 바닥을 바라본다. 사각지대의 먼지들은 여전히 그 자리에 있다. 오래된 카페의 단골 손님처럼, 혹은 나보다 먼저 이 집을 점유한 선주민들처럼. 나는 그들을 한참 바라보다가, 그냥 못 본 척하기로 한다. 가끔은 그렇게 살아가는 것도 괜찮다. 모든 걸 완벽하게 해결할 필요는 없으니까.

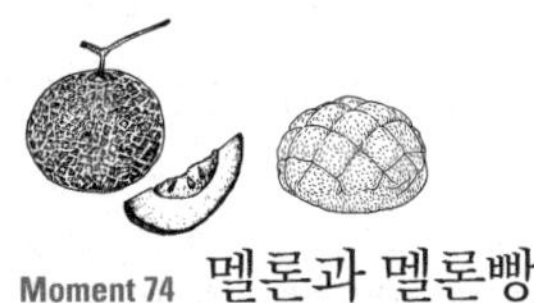

Moment 74 멜론과 멜론빵

언젠가 도쿄의 작은 카페에서 멜론 소다를 마신 적이
있다. 노란빛 전구 아래서 빛나는 녹색 음료는, 어딘
지 모르게 비현실적이었다. 마치 80년대 애니메이션
에 등장하는, 주인공이 단골 카페에서 늘 주문하는
그런 음료 같았다. 잔 위에 하얀 바닐라 아이스크림
이 동동 떠 있고, 빨대를 꽂아 한 모금 마시면 탄산이
콧속을 간지럽혔다. 그 순간 나는 문득 궁금해졌다.
대체 멜론과 이 음료 사이에는 어떤 연관성이 있는

     우리가 지나쳐온 것들에 대한 이야기

걸까? 정말로 멜론 맛이 난다고 할 수 있을까? 하지만 그런 의문은 별 의미가 없었다. 맛이야 어찌 됐든, 중요한 건 멜론 소다가 가진 분위기였다. 그것은 어린 시절 여름방학의 어느 오후 같고, 오래된 만화책 속 한 장면 같고, 아주 짧지만 잊을 수 없는 여행의 한 조각 같았다.

멜론 소다가 그런 존재라면, 멜론빵은 또 다른 세계였다. 나는 멜론빵을 처음 먹었을 때 조금 당황했다. 바삭한 쿠키 반죽이 덮인 둥근 빵. 이름에 '멜론'이 붙었지만, 멜론 맛은 나지 않았다. 겉모습이 멜론과 닮았기 때문에 그런 이름이 붙었단다. 하지만 이름 따위가 무슨 상관이겠는가. 중요한 건 한 입 베어 물었을 때 느껴지는 단맛과 부드러움, 그리고 갓 구운 빵에서 나는 달콤한 향기였다. 그걸로 충분했다. 멜론 소다가 시각적으로 사람을 끌어당기는 존재라면, 멜론빵은 오직 직접 맛보았을 때 진가를 발휘하는 존재였다.

나는 가끔 멜론 소다와 멜론빵을 함께 주문한다. 두 개를 나란히 놓고 바라보면 묘하게 잘 어울린다. 한쪽에는 초록빛이 도는 청량한 탄산음료가 있고, 다른 한쪽에는 노릇한 빵이 놓여 있다. 한 모금 마시고 한 입 베어 물면, 뭔가 아주 오래전의 기억이 떠오를 것 같은 기분이 든다. 아니, 어쩌면 과거의 기억이 아니라, 한 번도 경험해보지 못한 어떤 낯선 세계의 조각이 떠오르는 것인지도 모른다.

멜론 소다와 멜론빵. 이 둘은 꼭 멜론 맛이 나지 않아도 된다. 그냥 그 자체로 충분히 매력적인 존재니까.

Moment 75 드라마의 마지막 편은 왜 시시한가

드라마의 마지막 편은 왜 시시할까. 가끔 그런 생각을 한다. 아니, 어쩌면 '가끔'이 아니라 드라마를 볼 때마다 늘 하는 생각인지도 모른다. 기대했던 결말은 어딘가 허전하고, 감정의 여운도 어중간하다. 분명 처음에는 흥미진진했는데, 마지막 장면을 보고 나면 어쩐지 손에 힘이 빠진다. '이걸 보려고 그 긴 시간을 투자한 건가' 싶은 생각도 든다.

하지만 곰곰이 생각해 보면, 아마도 드라마라는 것은 애초에 마지막을 위해 만들어진 게 아닐지도 모른다. 그것은 초반의 긴장감과 중반의 고조, 그리고 후반부의 복잡한 감정들이 뒤섞이며 만들어지는 긴 여정이다. 한마디로 드라마의 본질은 '과정'이지 '결말'이 아니다. 우리가 여행을 떠났을 때도 목적지에 도착하는 순간보다 중간에 들렀던 작은 카페, 뜻밖에 발견한 골목길, 기차 안에서 우연히 마주친 풍경 같은 것들이 더 오래 기억에 남는 법이다. 마찬가지로, 드라마의 매력도 등장인물들이 어떻게 살아가는지, 어떤 선택을 하는지, 그리고 예상치 못한 순간들이 어떻게 펼쳐지는지에 달려 있다.

그러니까 마지막이 시시하다고 불평하는 건 어쩌면 우리가 드라마를 너무 잘 따라왔기 때문일 수도 있다. 작가가 공들여 만든 이야기에 빠져들고, 주인공과 함께 울고 웃으며, 그 세계 속에서 살아온 것이

 우리가 지나쳐온 것들에 대한 이야기

다. 하지만 결국 모든 이야기는 끝나야 한다. 그리고 그 끝은 대개 현실과 닮아 있다. 예상보다 덜 극적이고, 모든 것이 깔끔하게 정리되지 않는다. 주인공은 살아남거나, 어딘가로 떠나거나, 새로운 삶을 시작할 뿐이다. 어떤 강렬한 순간도, 결국 일상으로 돌아온다.

예를 들어, '왕좌의 게임'의 마지막 시즌을 떠올려 보자. 수년간 복잡하게 얽힌 캐릭터와 이야기들이 급하게 정리되면서 팬들은 혼란에 빠졌다. 수많은 떡밥들이 회수되지 않았고, 인물들의 결말은 급작스럽게 마무리되었다. '하우 아이 멧 유어 마더' 역시 마찬가지다. 시즌 내내 구축해온 로맨틱한 서사가 단 한 회로 무너졌고, 캐릭터들의 선택은 팬들이 기대했던 것과 전혀 다른 방향으로 흘렀다. '로스트'는 또 어떤가. 초반의 미스터리는 흥미로웠지만, 마지막 회가 끝난 후 남은 것은 설명되지 않은 수많은 질문들과 허탈함뿐이었다.

그러니 어쩌면 드라마의 마지막 편이 시시한 게 아니라, 우리가 그것을 시시하게 느낄 수밖에 없는 것인지도 모른다. 한 번 정들어 버린 이야기에서 갑자기 발을 빼는 건 생각보다 어려운 일이니까. 그렇게 생각하면, 마지막 장면을 보고 허탈해하는 것도 나름대로 의미 있는 감정일지도 모른다. 우리는 이야기를 끝내야 한다. 가끔은, 그 끝이 마음에 들지 않더라도, 그게 인생이다.

　우리가 지나쳐온 것들에 대한 이야기

Moment 76 최강 야구

'최강 야구'는 전직 프로 선수들과 신예 선수들이 한 팀이 되어 승부를 펼치는 스포츠 예능이다. 단순한 오락 프로그램이 아니라, 실전 경기의 긴장감과 인간적인 드라마가 섞여 있는 것이 특징이다. 야구라는 이름을 달고 있지만, 사실상 인생이라는 이름이 더 어울릴지도 모른다.

아내는 매주 '최강 야구'를 본다. 거실에 앉아 작은 과자를 입에 넣으며, 마치 친정 오빠들의 경기를 응원하는 듯한 표정으로 화면을 응시한다. 나는 처음에는 그다지 관심이 없었다. 야구를 보는 것도, 그것이 예능으로 제작된다는 것도 딱히 내 취향은 아니었다. 하지만 이상하게도, 어느 순간 나도 옆에서 함께 보고 있었다. 아니, 보고 있다기보다는 빨려 들어갔다고 하는 편이 맞을지도 모르겠다. 마치 퇴근 후 별생각 없이 틀어놓은 재즈 음악이 어느새 내 몸의 리듬이 되어버리는 것처럼.

'최강 야구'는 단순한 경기 중계가 아니다. 패배한 선수의 얼굴에는 '우리는 어디서부터 잘못된 걸까'라는 철학적인 질문이 떠오르고, 승리한 선수들의 표정에는 알 수 없는 허탈감이 스며 있다. 감독은 경기 내내 땀을 닦으며 뭔가 중얼거리지만, 카메라가 클로즈업하면 결국 '잘해야 돼' 같은 두루뭉술한 말뿐이다. 그리고 나는 그런 모습을 보며 묘한 감정을 느낀다. '이거, 꽤 재미있잖아.' 마치 오래된 소설을 읽다가 뜻

   우리가 지나쳐온 것들에 대한 이야기

밖의 한 문장에 가슴이 철렁 내려앉는 느낌이다.

경기장에는 룰이 있다. 반면, 예능에는 예능은 룰이 없다고 생각했다. 그런데 '최강 야구'를 보고 있으면 그 경계가 모호해진다. 선수들은 진짜 승리를 원하지만, 동시에 프로그램의 재미도 만들어야 한다. 스트라이크 하나에도 분위기가 좌우되고, 사소한 실수에도 마치 인생 전체가 걸린 듯한 긴장감이 흐른다. 이쯤 되면 단순한 야구 경기가 아니라, '인생이란 무엇인가'라는 다큐멘터리를 보는 기분이다. 어쩌면 우리는 모두 각자의 경기장에 서 있는 것이 아닐까. 누군가는 타석에 서 있고, 누군가는 글러브를 끼고 있다. 그리고 그 순간, 심판은 언제나 애매한 판정을 내린다. 마치 삶이 우리에게 자꾸만 불분명한 답을 내놓는 것처럼.

나는 여전히 야구를 좋아하지 않는다. 하지만 '최강 야구'는 이상하게도 계속 보게 된다. 마치 바쁜 와

중에도 굳이 찾아보게 되는 오래된 영화처럼, 매주 새로운 화를 놓치지 않게 된다. 그리고 어느새, 나는 선수들의 이름을 하나둘 외우고 있다. 팀이 바뀔 때마다 아내와 작은 논쟁을 벌이기도 한다. "저 선수, 지난주에 실수했잖아." "그래도 노력하잖아." "노력한다고 다 되는 건 아니지." "하지만 노력하지 않으면 더 안 되지." 아내의 말에 나는 조용히 커피 한 모금을 마신다. 그러고 보면 야구도, 인생도, 노력한다고 다 되는 건 아니다. 하지만 노력하지 않으면 아예 아무것도 되지 않는다.

아내는 오늘도 '최강 야구'를 본다. 나는 옆에서 커피를 마시며 시청한다. '야구는 역시 어렵군' 하고 생각하면서도, 어느 순간 선수들의 표정에 집중하고 있다. 마치 오래전 헤어진 친구의 얼굴을 문득 다시 보는 기분이다. 그렇게 우리는 또 한 주를 보낸다. 승패가 결정되고, 프로그램이 끝난다. 하지만 나는 안다.

          우리가 지나쳐온 것들에 대한 이야기

다음 주가 되면, 우리는 또다시 거실에서 '최강 야구'
를 보고 있을 것이라는 걸. 그리고 나는 또다시 이 프
로그램이 내게 무슨 의미인지 고민하고 있을 것이다.
어쩌면, 그것만으로도 충분하지 않을까.

Moment 77 떡볶이

아내는 떡볶이를 정말 좋아한다. 그냥 좋아하는 수준이 아니다. 마치 어떤 소설의 주인공이 평생을 걸고 한 가지 음식을 탐구하는 것처럼, 아내는 떡볶이를 먹고 또 먹는다. 길거리 포장마차에서, 프랜차이즈 분식집에서, 유명 맛집에서, 심지어는 집에서도 직접 만들어 먹는다. 아니, 굳이 직접 만들지 않을 때도 있다. 배달 앱을 열고 신중하게 가게를 고르는 모습은 마치 탐정이 단서를 추적하는 듯하다.

 우리가 지나쳐온 것들에 대한 이야기

나는 떡볶이를 그다지 좋아하지 않았다. 아니, 싫어하는 건 아니지만 일부러 찾아 먹을 정도는 아니었다. 쫄깃한 떡이 입 안에서 늘어지는 것도, 매콤달콤한 양념이 혀를 자극하는 것도, 그다지 특별하게 느껴지지 않았다. 하지만 문제는 아내가 떡볶이를 먹을 때마다 나를 끌고 간다는 점이었다. 처음엔 단순한 동행이었다. "오늘은 무슨 떡볶이를 먹을까?" 아내가 신이 나서 묻는다. 나는 별생각 없이 따라갔다. 그런데 어느 순간, 메뉴판을 보며 비교하고 있는 나를 마주하게 되었다. '이 집은 국물이 많네.' '떡이 좀 두껍군.' '어? 이건 고추장이 아니라 간장 베이스네.'

많이 먹다 보니, 결국 나도 떡볶이를 평가할 수 있는 사람이 되었다. 사람은 그런 존재다. 별 관심 없던 것들도 반복적으로 경험하다 보면 어느새 자기 나름의 기준을 갖게 된다. 좋은 떡볶이는 떡의 질감과 양념의 조화가 균형을 이뤄야 한다. 국물이 많으면 떡이 적당히 양념을 머금을 수 있어야 하고, 너무 졸아들면 떡이 지나치게 끈적거리거나 딱딱해진다. 양념은 단맛과 매운맛의 비율이 중요하고, 매운맛이 강하더라도 단맛이 받쳐주지 않으면 맛이 금방 질린다. 이런 식으로 떡볶이를 분석하는 나 자신을 문득 발견할 때면, 웃음이 나온다. 결국, 좋아하지 않는 것에도 기준이 생기는 것이다.

그래서 요즘은 아내가 새로운 떡볶이집을 찾으면 나도 약간의 호기심을 품게 된다. 가끔은 배달 앱을 먼저 열어 새로운 가게를 추천하기도 한다. '이 집은 국물 떡볶이 전문점이래.' '이건 치즈 토핑이 많네.' 마치 와인 소믈리에가 새로운 와인 리스트를 살펴보듯, 이제는 떡볶이를 바라보는 시선도 달라졌다. 여전히 떡볶이를 좋아한다고 말할 수는 없지만, 이제는 그것을 평가할 줄 아는 사람이 되었다. 좋아하지 않으면서도 어떤 것이 좋은 떡볶이인지 알게 되는 과정.

  우리가 지나쳐온 것들에 대한 이야기

인생이란 대개 그런 것인지도 모른다. 원래 좋아하는
것보다, 어쩌다 보니 알게 되는 것들이 더 많아지는
법이니까.

Moment 78 냉장고

냉장고가 고장 났다. 12년을 버텼는데, 마침내 기력을 잃고 멈춰버렸다. 나는 그것이 고장 날 거라고 한 번도 생각해 본 적이 없었다. 냉장고는 언제나 그 자리에 있어야만 했다. 마치 집 한쪽에 무심히 자리 잡고 있는 벽처럼, 혹은 매일 아침 출근길에 마주치는 편의점 간판처럼. 그런데 어느 날 갑자기, 덩치 큰 이 가전제품이 조용히 생을 마감했다. 문을 열어 보니 차갑던 공기는 사라지고, 묘한 온기가 밀려왔다. 속

우리가 지나쳐온 것들에 대한 이야기

에 넣어둔 우유는 미지근한 수프가 되었고, 냉동실의 아이스크림은 자신의 존재 이유를 상실한 채 녹아내렸다.

그 사실이 이상하게 충격적이었다. 냉장고는 고장 나지 않는다고 믿었다. 아니, 정확히 말하면, 냉장고가 고장 날 가능성에 대해 깊이 생각해 본 적이 없었다. 우리는 삶에서 많은 것들을 당연하게 받아들인다. 매일 아침이면 태양이 떠오르고, 버스는 대충 정시에 도착하며, 냉장고는 묵묵히 내부를 차갑게 유지한다고 생각한다. 그런데 어느 순간 그것이 멈추면, 우리는 당황할 수밖에 없다. 마치 자신을 평생 떠나지 않을 거라고 믿었던 고양이가 어느 날 문득 집을 나가버린 것처럼.

새 냉장고를 샀다. AS 기사는 요즘 냉장고의 수명이 7년이라고 했다. "이제 냉장고도 스마트 시대라서요. 더 똑똑하고 더 효율적이죠. 대신 좀 덜 오래갑니다.” 냉장고가 더 똑똑해졌다고 하지만, 나는 그것이 오히려 멍청해진 것은 아닐까 의심했다. 과거의 냉장고들은 두툼한 철판을 두르고 묵직하게 그 자리를 지켰다. 그러나 요즘 냉장고들은 점점 가벼워지고, 얇아지고, 그러면서 더 빨리 사라진다. 가벼워지는 것은 좋은 일이지만, 가벼운 것이 너무 많아지면 뭔가 허전해지는 법이다. 요즘 물건들은 그렇다. 물건도, 관계도, 사람도, 예전보다 훨씬 빨리 닳아 없어진다.

나는 새 냉장고를 바라보았다. 번쩍이는 표면, 조용한 모터 소리, 내부에 반짝이는 LED 조명. 완벽해 보였다. 하지만 이상하게도 믿음이 가지 않았다. 마치 겉으로는 번듯하지만 실은 삼 년짜리 계약직 같은 느낌이었다. 언젠가 또 어느 날, 아무런 예고도 없이 이 냉장고도 조용히 멈춰버릴 것이다. 그렇다면 나는 앞으로도 몇 번이고 이런 경험을 반복해야 하는 걸까? 아마도 그렇겠지. 그렇게 생각하니, 문득 냉장고

  우리가 지나쳐온 것들에 대한 이야기

에게 말을 걸고 싶어졌다. '이번에는 조금 더 오래 버
텨줘. 적어도 네가 고장 날 거라고 믿을 수 있을 정도
의 시간은 필요하니까.'

Moment 79 바쿠테

바쿠테라고 아시는지? 바쿠테는 싱가포르와 말레이시아에서 사랑받는 돼지 갈비탕이다. 한마디로 돼지 뼈를 푹 고아 국물을 만든 요리인데, 후추가 잔뜩 들어가서 첫 모금에 정신이 번쩍 든다. 한국으로 치면 감자탕과 설렁탕의 중간쯤 되는 음식이랄까. 즉, 국물을 들이켜며 삶의 의미를 곱씹기에 아주 적절한 요리다.

우리가 지나쳐온 것들에 대한 이야기

처음 바쿠테를 먹었을 때, 나는 생각했다. '이건 대체 뭐지? 왜 이렇게 맛있는 거지?' 출장 차 들른 싱가포르의 어느 노포에서였다. 허름한 간판, 오래된 메뉴판, 천장에서 힘겹게 돌아가는 선풍기. 하지만 그런 건 중요하지 않았다. 내 앞에는 김이 모락모락 나는 바쿠테 한 그릇이 있었으니까. 숟가락을 들어 국물을 한 모금 마셨다. 후추가 목구멍을 강타했고, 순간 코끝이 찡해졌다. 눈물이 날 뻔했다. 감동 때문인지, 후추 때문인지는 알 수 없었다.

그날 이후 나는 바쿠테 순례자가 되었다. 아침에도 먹고, 점심에도 먹고, 저녁에도 먹었다. 맛있다는 다섯 곳을 돌아다녔다. 사람들은 나에게 물었다. "왜 그렇게까지 하는 거야?" 나도 잘 몰랐다. 하지만 바쿠테를 먹지 않는다면, 대체 출장 중에 무엇을 해야 한단 말인가? 회의? 이메일 쓰기? 호텔 방에서 무료한 저녁 보내기? 그보다는 후추가 펄펄 나는 국물을 들이켜는 것이 훨씬 의미 있어 보였다.

흥미로운 점은 가게마다 바쿠테가 미묘하게 달랐다는 것이다. 어떤 곳은 맑고 깔끔했고, 어떤 곳은 국물이 진하고 걸쭉했다. 어떤 곳은 마늘 향이 강하게 났고, 또 어떤 곳은 후추를 너무 넣어서 눈물이 절로 났다. 사람마다 성격이 다르듯이, 바쿠테도 가게마다 개성이 있었다. 결국 나는 깨달았다. 바쿠테는 단순한 국물이 아니라, 각 가게의 철학이 담긴 일종의 '인생 수프'라는 사실을.

다섯 번째 바쿠테를 먹었을 때쯤, 나는 비로소 어느 정도 만족했다. 아니, 솔직히 말하면 배가 너무 불러서 더는 못 먹을 지경이었다. 하지만 묘한 아쉬움이 남았다. 마치 정말 재미있던 소설의 마지막 페이지를 덮었을 때의 기분. 다시 처음으로 돌아가고 싶지만, 그럴 수 없다는 걸 알기에 더 애틋한 감정.

    우리가 지나쳐온 것들에 대한 이야기

싱가포르를 떠나며 나는 다짐했다. 언젠가 다시 돌아와서 더 많은 바쿠테를 먹어야겠다고. 하지만 공항 라운지에서 비행기를 기다리다가 문득 이런 생각이 들었다. '공항 근처에도 바쿠테 맛집이 있지 않을까?' 나는 스마트폰을 꺼내 검색을 시작했다. 결국 좋은 음식은, 그리고 여행은, 언제나 다시 이어지는 법이니까.

Moment 80 불꽃 축제

아내와 함께 백화점을 나섰다. 평소처럼 저녁을 먹고, 커피를 한 잔 마시고, 가벼운 쇼핑을 하면서 주말 저녁을 마무리할 생각이었다. 하지만 문을 나서는 순간, 우리는 잘못된 타이밍에 잘못된 장소에 있다는 걸 깨달았다.

사람들이 밀려왔다. 그야말로 '밀려왔다'는 표현이 정확했다. 마치 도심 한복판에서 거대한 쓰나미를 마주친 기분이었다. 사람들 틈에 휩쓸려 몸이 떠밀렸

　　　　　우리가 지나쳐온 것들에 대한 이야기

고, 어느새 우리는 원래 가려던 방향과 전혀 다른 곳으로 이동하고 있었다. 한 치 앞도 내다볼 수 없는 상황에서, 도대체 무슨 일이 벌어지고 있는지 이해하기도 전에 또 한 번 거대한 파도가 밀려왔다.

그때였다. 하늘에서 폭발음이 들렸다. 그리고 그 직후, 형형색색의 불꽃이 밤하늘을 갈랐다. 우리는 그제야 알았다. 한강 세계불꽃축제 날이었다는 사실을. 이 수십만의 인파는 불꽃을 보기 위해 몰려든 인류의 집합체였고, 우리는 전혀 예상치 못하게 그 안으로 휘말려버린 것이다.

불꽃은 아름다웠다. 하지만 한편으로는 이런 생각이 들었다. '지금 이곳에 외계인이 침공하면 우리는 전혀 대응할 수 없겠군.' 마치 재난 영화의 오프닝 장면 같았다. 사람들은 하늘을 보며 감탄하고, 그 감탄이 끝나자마자 일제히 움직이기 시작했다. 우리는 대체로 군중 속에 있으면 안심하는 법이지만, 때로는 그 군중이 가장 위협적인 존재가 되기도 한다.

축제가 끝나자, 사람들은 일제히 빠져나가기 시작했다. 문제는 출구가 없다는 것이었다. 아니, 출구는 있었지만, 그것은 모두 같은 방향으로 향해 있었고, 너무나도 좁았다. 지하철역 입구는 흡사 좀비 영화 속 피난처 같았다. 문 앞은 아수라장이 되었고, 사람들은 절박하게 줄을 섰지만 줄은 줄어들 기미가 없었다. 우리는 빠르게 결론을 내렸다. 걸어가자.

그렇게 우리는 대규모 피난 행렬에 합류했다. 자동차 도로 위로까지 사람들이 차올랐고, 앞서가는 사람들의 실루엣은 붉은 신호등 불빛 속에서 마치 공포 영화 속 피난민처럼 보였다. 편의점은 방어선을 구축한 요새처럼 인파에 둘러싸였고, 택시는 존재하지 않는 것이나 마찬가지였다. 마치 도시 전체가 전쟁의 여파로 기능을 멈춘 듯한 기분이었다.

      우리가 지나쳐온 것들에 대한 이야기

우리는 그렇게 자그마치 5km를 걸었다. 그리고 마침내 비교적 한산한 지하철역을 발견했을 때, 나는 문득 깨달았다. 불꽃축제의 하이라이트는 불꽃이 아니라, 그 불꽃이 끝난 후 사람들이 도시를 빠져나가는 과정일지도 모른다는 사실을.

아내가 내 옆에서 한숨을 쉬며 물었다.

"내년에도 또 올까?"

나는 잠시 고민하다가 대답했다.

"글쎄, 그때 가서 생각해보자."

아내는 피곤한 듯 고개를 끄덕였다. 우리는 지하철역으로 발걸음을 옮겼다. 에스컬레이터를 타고 내려가며 문득 고개를 돌려보니, 여전히 도로 위에는 수많은 사람들이 흐르고 있었다. 그 장면이 묘하게 아름답게 느껴졌다. 마치 거대한 강줄기 같았다. 매년 같은 시기에 같은 흐름을 만들어내는, 하나의 거대한 생명체처럼.

우리는 지하철역에 도착했고, 나는 조용히 생각했
다. 아마 내년에도 이 강물은 흐를 것이다. 그리고 우
리는 또다시 그 물결 속에 있을지도 모른다. 결국, 불
꽃이 터지는 순간보다 더 중요한 건, 그 불꽃을 따라
걷는 사람들의 이야기일지도 모른다.

    우리가 지나쳐온 것들에 대한 이야기

Moment 81 카페라테

나는 오전에는 아메리카노를 마시고, 오후에는 라테를 마신다. 아침에는 단순한 기계처럼 움직여야 하기 때문에, 복잡한 거품 따위는 필요 없다. 오직 뜨겁고 쓸쓸한 검은 액체가 주는 각성만이 중요하다. 하지만 오후가 되면 이야기가 달라진다. 속도를 늦추고, 차분히 라테를 음미할 시간이 찾아온다. 그리고 무엇보다, 라테에는 라테 아트가 있다.

라테 아트는 단순한 장식이 아니다. 그것은 바리스타가 우유 거품으로 만들어낸 작은 기적이며, 한 잔의 커피 속에 펼쳐진 우주의 균형 같은 것이다. 하트, 로제타, 백조. 섬세한 곡선과 대칭 속에서, 커피 한 잔이 단순한 음료 이상의 존재로 변신한다. 하지만 모든 라떼가 라테가 그런 것은 아니다.

대형 프랜차이즈 카페에서 나오는 라테를 보면 가끔 씁쓸한 기분이 든다. 그것은 마치 공장에서 찍어낸 패스트푸드처럼, 일정한 형식 속에서 최소한의 노력만이 가미된 커피다. 뚜껑을 열어 보면 하트는커녕, 거품조차 성의 없이 퍼져 있다. 너무 묽거나, 지나치게 두껍거나. 마치 대충 정리한 이불처럼 어딘가 어수선하다. 그것을 볼 때마다 나는 생각한다. '라테에도 영혼이 필요하지 않을까?'

반면, 좋은 라테 아트를 보면 기분이 좋아진다. 그것은 미묘하지만 분명한 차이다. 마치 잘 다려진 셔

우리가 지나쳐온 것들에 대한 이야기

츠를 입었을 때의 느낌, 또는 균형이 완벽한 문장을 읽었을 때의 만족감과도 같다. 부드러운 거품 위에 정성스럽게 그려진 패턴을 보면, 커피를 마시기도 전에 마음이 편안해진다. 그리고 그 순간, 라테는 단순한 카페인이 아니라, 하루를 조금 더 나아지게 만드는 작은 예술 작품이 된다.

나는 가끔 라테를 앞에 두고 한참을 바라보기도 한다. 거품 속 곡선을 따라가다 보면, 마치 인생의 복잡한 흐름을 들여다보는 것 같은 기분이 들 때도 있다. 물론 결국엔 마신다. 하지만 그 몇 초간, 나는 그 안에서 나름의 의미를 찾는다. 그래서 나는 오늘도 좋은 라테를 찾아 나선다. 그리고 조용히 기대한다. 컵을 열었을 때, 그 안에 작은 예술이 깃들어 있기를.

Moment 82 수제 간판

나는 수제 간판을 좋아한다. 기계로 깔끔하게 찍어 낸 간판보다, 붓의 흔적이 남아 있는 간판을 보면 묘하게 안심이 된다. 그것은 마치 손으로 꾹꾹 눌러쓴 편지처럼, 혹은 오래된 레코드판에서 흘러나오는 아날로그 사운드처럼, 미세한 떨림과 온기가 남아 있다.

하지만 서울에서는 이제 그런 간판을 거의 볼 수 없다. 오래된 간판들은 차례로 사라졌고, 그 자리를 LED 전광판과 규격화된 아크릴 간판이 대신했다.

 우리가 지나쳐온 것들에 대한 이야기

멀티플렉스 극장에서는 영화 제목이 빛나는 패널 속에서 반짝이며 나타났다가 사라진다. 마치 하나의 영화가 끝나기도 전에 다음 영화가 밀려드는 듯한 기분. 그것은 영화에 대한 기대감을 높이는 것이 아니라, 영화가 일회용 소비재처럼 느껴지게 만든다.

그런데 광주극장은 여전히 손으로 간판을 그린다. 1935년에 개관한 대한민국에서 가장 오래된 단관 극장 중 하나로, 지금도 전통적인 방식을 고수하고 있다. 나는 그것이 믿기지 않았다. 마치 거리에서 흑백 TV를 발견한 듯한 기분이었다. 정말 아직도 이런 곳이 남아 있을까? 직접 확인하기 위해 극장을 찾았다. 그리고 극장 입구에 걸린 붓글씨 간판을 보았을 때, 나는 순간적으로 멈춰 섰다. 붓의 결이 그대로 남아 있고, 획의 끝자락이 미묘하게 번져 있었다. 때때로 글자 크기가 제각각이지만, 그 자체로 조화를 이루고 있었다. 간판을 보고 있는 것만으로도, 나는 이미 영화의 첫 장면을 본 것 같은 기분이 들었다.

그날 내가 본 영화는 2024년 2월 13일, 광주극장에서 상영된 브래디 코베 감독의 '브루탈리스트'였다. 간판에는 큼지막한 한글 제목 '브루탈리스트'가 힘 있는 붓 터치로 적혀 있었고, 그 아래에는 작은 글씨로 원제 'The Brutalist'가 병기되어 있었다. 검은 먹물의 농담이 자연스럽게 어우러져 마치 한 폭의 수묵화를 연상케 했고, 글자 주변에는 붉은색 테두리가 둘러져 있어 영화의 강렬한 분위기를 암시하는 듯했다. 물감이 마르며 생긴 미세한 얼룩과 붓의 결이 그대로 남아 있어, 손으로 그린 간판만의 독특한 질감을 느낄 수 있었다. 간판을 보는 순간부터 영화의 첫 장면이 시작된 기분이었다. 대형 멀티플렉스 극장에서라면 절대 볼 수 없는 간판이었다.

광주극장의 간판을 그리는 장인은 40년째 붓을 들고 있다. 그는 붓을 잡고 진중하게 영화 제목을 써

                우리가 지나쳐온 것들에 대한 이야기

내려간다. 때때로 철자가 틀려 다시 덧칠하는 일도 있지만, 그것조차도 이곳에서는 자연스러운 일이다. "기계로 만든 글씨는 실수도 없고 완벽하지만, 너무 매끈하면 재미가 없죠." 그는 그렇게 말하며 붓에 다시 물감을 묻혔다. 나는 고개를 끄덕였다. 모든 것이 정확하게 떨어지는 세상에서는, 가끔은 약간의 비틀림이 더 따뜻하게 느껴질 수도 있다.

나는 오래된 극장을 좋아한다. 붉은 벨벳 의자가 삐걱거리고, 팝콘 냄새가 극장 구석구석에 스며 있는 곳. 광주극장은 그런 곳이다. 간판을 보는 순간부터 영화는 시작되고, 영화가 끝난 뒤에도 붓으로 그려진 제목은 극장 앞을 지키고 있다. 시대가 바뀌어도, 여전히 사람의 손길이 남아 있는 이곳에서 나는 잠시 멈춰 선다. 그리고 생각한다. 손으로 쓴 글씨가 남아 있는 한, 영화도 사라지지 않을 거라고

Moment 83 수제버거와 맥도날드

최근 유명한 수제버거 집에 갔다. 주문을 받는 직원은 무슨 미슐랭 가이드 심사원처럼 진지한 얼굴로 빵과 패티, 토핑의 종류를 물어왔다. 나는 갑자기 SAT 시험이라도 치르는 기분이 들었다. "그냥 제일 인기 많은 걸로 주세요"라고 말했더니, 직원은 잠시 나를 바라보다가 고개를 끄덕였다. 아마도 속으로 '이 사람은 버거를 대하는 자세가 부족해'라고 생각했을 것이다.

 우리가 지나쳐온 것들에 대한 이야기

버거가 나왔다. 그것은 마치 조각품 같았다. 브리오슈 번은 금빛으로 빛났고, 패티는 마치 설계도를 보고 만들어진 듯한 정교한 형태를 유지하고 있었다. 감자튀김도 길이와 두께가 균일해서 기하학적 안정감을 느끼게 했다. 한입 베어 물었다. 맛있었다. 너무 맛있었다. 모든 것이 완벽하게 조화를 이루었다. 그런데 이상하게도 나는 뭔가 허전했다.

그때 문득 깨달았다. 나는 맥도날드가 그리웠던 것이다. 기름지고, 눅눅하고, 약간 부실한 그 맛. 포장을 뜯으면 대충 한쪽으로 쏠려 있는 양상추, 한 입 먹으면 소스가 손등으로 흘러내리는 그 버거. 그것은 마치 조금 망가진 연애처럼 이상하게 정이 간다. 이곳의 수제버거는 너무 정돈되어 있었다. 이건 버거라기보다는 버거의 이상형 같은 것이었다.

나는 손에 쥐어진 수제버거를 바라봤다. 포크와 나이프로 우아하게 썰어 먹어야 할 것만 같았다. 하지만 내 마음속 맥도날드 버거는 이렇게 속삭이고 있었다. "그냥 손으로 들고 마구 베어 물어. 그리고 감자튀김은 콜라에 찍어 먹어도 돼. 우리는 그런 존재야."

계산을 마치고 나오면서 나는 생각했다. 다음번에는 그냥 맥도날드에 가야겠다. 때때로 우리는 완벽한 것이 아니라, 적당히 불완전한 것을 원한다. 너무 정교하게 만들어진 것은 부담스럽다. 한 입 베어 물면 약간 눅눅한 빵이 손가락에 닿고, 소스가 예측 불가능한 방향으로 흘러내리는 것. 그것이야말로 진정한 버거의 묘미 아닐까?

   우리가 지나쳐온 것들에 대한 이야기

Moment 84 10원빵

부산에서 10원빵을 먹었다. 이제 10원으로 살 수 있는 것은 아무것도 없다. 대부분의 사람들이 길바닥에 떨어진 10원짜리 동전을 발견할 때면 그것을 주울지 말지 잠시 고민한다. 그러나 이 빵은 10원짜리 동전을 본떠 만들어졌고, 표면에는 큼지막하게 숫자 '10'이 새겨져 있다. 어쩌면 이 빵을 먹는 행위는, 사라져가는 10원의 존재 가치를 되새기는 의식 같은 것일지도 모른다.

노릇하게 구운 빵의 겉면은 바삭하고, 속은 따뜻한 치즈로 가득 차 있다. 한입 베어 물면 치즈가 천천히 늘어나며, 혀끝에서 부드럽게 퍼진다. 그 맛은 어릴 적 학교 앞에서 사 먹던 간식과 비슷하면서도 어딘가 세련되었다. 추억과 현재가 공존하는 맛. 한 손에 쏙 들어오는 크기 덕분에, 걸으면서 먹기에도 부담이 없다. 나는 골목길을 걸으며 빵을 음미했다. 그런데 문득, 빵을 건네준 직원의 얼굴을 떠올리고는 발걸음을 멈추었다.

그는 외국인이었다. 정확한 발음으로 한국어를 구사하며 주문을 받았고, 능숙하게 빵을 포장해 주었으며, 친절하게 미소까지 지었다. 이상할 것도 없는 광경이다. 이제 어딜 가나 외국인 근로자들이 일하고 있다. 식당에서도, 카페에서도, 편의점에서도. 하지만 이 작은 빵집에서, 그것도 한국의 특정 지역에서 유래한 간식을 외국인이 만들고 있는 모습을 보니 묘

     우리가 지나쳐온 것들에 대한 이야기

한 기분이 들었다. 마치 교토에서 일본 전통 과자를 사러 갔는데, 서양인이 유카타를 입고 판매하고 있는 것을 본 기분이랄까. 어딘가 이질적인데, 또 어쩌면 자연스러운.

나는 빵을 한입 더 베어 물었다. 사실 누가 만들든 맛있는 것은 맛있는 것이다. 손끝에서 빚어지는 과정이 중요한 순간도 있지만, 결국 입안에서 퍼지는 풍미는 국적을 따지지 않는다. 그런데도 나는 어딘가 어색한 감정을 지울 수 없었다. 한국적인 음식이라고 부를 수는 없지만, 적어도 이 빵은 한국에서 태어나고, 한국에서 익숙해진 간식이었다. 그리고 이제는 다른 나라에서 온 사람들의 손에서 다시 태어나고 있었다.

나는 길을 걸으며 생각했다. 10원빵을 누가 만들든 무슨 상관인가. 중요한 것은 그것이 여전히 따뜻하고 맛있다는 점이다. 그리고 그것이야말로 우리가 살고 있는 시대의 모습일지도 모른다.

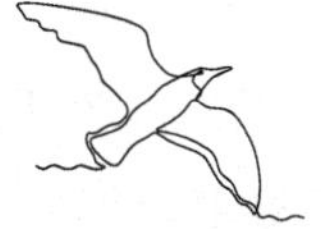

Moment 85 갈매기

부산에 가족 여행을 왔다. 해운대에서 하루를 보내고, 늦은 밤까지 회와 따뜻한 어묵 국물을 즐겼다. 하지만 이상하게도 아침 일찍 눈이 떠졌다. 해가 떠오르기 직전의 바다는 어떤 모습일까 궁금해졌다. 나는 조용히 일어나 신발을 신고 바닷가로 나섰다.

광안리 해변에는 이른 아침부터 갈매기들이 무리를 지어 날고 있었다. 바닷바람을 타며 유유히 떠다니는 모습이 마치 바다 위를 미끄러지는 요트 같았

 우리가 지나쳐온 것들에 대한 이야기

다. 나는 그 광경을 보며 문득 간식을 주고 싶어졌다. 문제는, 새우깡이 없었다는 점이다. 애초에 주머니에 새우깡이 들어 있을 리가 없었지만, 그래도 혹시나 하는 마음이 드는 게 인간의 심리다.

나는 주위를 둘러보았다. 모래사장에는 누군가 버린 플라스틱 컵과 조개껍데기 몇 개가 뒹굴고 있었다. 간식을 대신할 만한 것이 없을까. 결국 나는 작은 돌멩이를 집어 들었다. 물론 먹을 수 있는 것이 아니라는 걸 알면서도, 갈매기가 어떻게 반응할지 궁금했다. 나는 돌을 공중으로 던졌다. 한 마리가 반사적으로 뛰어들었다. 그리고는, 돌이라는 사실을 깨닫자 황급히 날개를 퍼덕이며 다시 뒤로 물러섰다.

이상하게 재미있었다. 나는 다시 돌을 주워 던졌다. 몇 마리의 갈매기들이 일제히 반응했다가, 다시 실망한 듯한 움직임을 보였다. 세 번째쯤 던졌을 때, 갈매기 한 마리가 나를 향해 머리를 확 돌렸다. 마치

"너, 지금 장난하냐?"라고 말하는 듯한 눈빛이었다. 나는 계속 돌을 던졌고, 몇 마리는 여전히 속았지만, 점점 반응하는 개체 수가 줄어들었다.

결국 한 마리가 참지 못하고 소리를 질렀다. "끼에에에!" 특유의 날카롭고 길게 울리는 소리였다. 그것은 명백한 항의였다. 그리고 그 순간, 모든 갈매기가 일제히 나를 외면했다. 마치 내가 더 이상 신뢰할 수 없는 존재가 된 것처럼. 그들은 도도한 태도로 날개를 퍼덕이며 다른 방향으로 날아가 버렸다.

나는 자리에서 일어나 먼바다를 바라보았다. 저 멀리서 또 다른 갈매기 한 마리가 유유히 날고 있었다. 어쩌면 저 갈매기라면 한 번쯤 더 속아줄지도 모른다. 나는 모래를 털고 일어나 걸음을 옮겼다. 다음엔 새우깡을 챙겨야겠다고 생각하면서.

     우리가 지나쳐온 것들에 대한 이야기

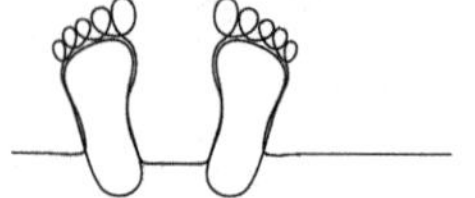

Moment 86 부다 발바닥

태국에 갔다. 공항에서 내리는 순간 후끈한 공기가 몸을 감쌌다. 샤워 후 욕실에 깜빡하고 틀어놓은 히터가 떠오르는 순간이었다. 호텔에 짐을 풀고, 어디든 가야겠다는 생각이 들었다. 이런 날은 보통 유명한 사원을 찾게 된다. 왓 포(Wat Pho)에 가기로 했다.

왓 포에는 와불상이 있다. 누워 있는 불상이다. 나는 '불상이 누워 있다'라는 사실만으로도 충분히 흥미롭다고 생각했다. 왜 누워 있을까? 피곤해서? 명상 중이라서? 아니면 그냥 앉아 있는 것보다 덜 피곤해서? 어떤 이유에서든, 불상이 누워 있다는 것은 꽤나 파격적인 일처럼 느껴졌다.

사원에 들어서자 거대한 불상이 눈앞에 펼쳐졌다. 불상의 몸은 황금빛으로 빛나고 있었고, 길이는 46m에 달한다고 했다. 하지만 내 시선을 사로잡은 것은 따로 있었다. 발이었다. 불상의 발은 거대한 간판처럼 쭉 뻗어 있었고, 마치 고속도로 휴게소에 걸린 지도처럼 정교한 문양이 새겨져 있었다. 나는 잠시 그 앞에 서서 생각했다. 불상이 누워 있는 것도 신기하지만, 발이 이렇게 클 필요가 있었을까?

발바닥을 자세히 들여다보았다. 자개로 장식된 문양이 가득했다. 열 개의 긴 손가락을 모아 놓은 듯한 발가락과 그 안에 빼곡히 채워진 기하학적인 무늬들. 마치 '이 길로 가면 열반에 이릅니다'라는 표지판이라도 될 것 같은 디테일이었다. 불상의 얼굴은 평온했

     우리가 지나쳐온 것들에 대한 이야기

지만, 발은 지나치게 크고 강렬했다. 마치 평소에는 조용한 사람이 어느 날 갑자기 300mm짜리 부츠를 신고 나타난 느낌이었다.

나는 한참 동안 그 앞에서 서성였다. 사람들은 불상의 얼굴을 보고 감탄했지만, 나는 계속 발을 쳐다보았다. 머릿속에서는 '이 정도면 태국에서 제일 큰 신발가게는 어디일까?' 같은 쓸데없는 생각이 떠올랐다. 결국 사원을 나서면서도 그 생각이 머릿속을 떠나지 않았다. '불상의 발이 이렇게 커야 할 이유가 있었을까?'라는 질문과 함께. 아마도 다음번에 또 오게 된다면, 나는 다시 그 발부터 보게 될 것이다.

Moment 87 찜질방과 삼겹살

찜질방은 일종의 작은 세계다. 뜨거운 공기 속에서 시간을 녹이며, 땀을 흘리고, 다시 채우는 순환의 공간이다. 그리고 이 작은 세계에서는 실로 다양한 음식이 팔린다. 식혜, 삶은 달걀, 미역국, 라면, 떡볶이. 모두 땀을 빼고 난 뒤의 허기를 달래기에 적당한 것들이다. 그런데, 삼겹살도 판다. 그것도 꽤 본격적으로.

 우리가 지나쳐온 것들에 대한 이야기

원래는 가볍게 산책이나 할까 싶었는데, 날씨가 어중간했다. 바람이 차가운 것도 아니고, 따뜻한 것도 아니고, 딱히 어디로 가고 싶다는 생각도 들지 않았다. 마치 전날 밤늦게 주문한 탕수육이 다음 날 아침 테이블 위에서 식어가고 있는 느낌이었다. 어딘가 애매하고, 손을 대자니 망설여지는 그런 순간. 이런 날은 어딘가 따뜻한 곳에서 몸을 늘어뜨리고 싶어진다. 그래서 찜질방에 왔다.

처음 찜질방에서 삼겹살을 봤을 때, 나는 살짝 당황했다. 마치 수영장에서 삼계탕을 파는 걸 본 것 같은 느낌이었다. 사우나에서 땀을 빼고 나와 먹는 음식으로 삼겹살이라니. 너무 기름지지 않을까? 너무 무겁지 않을까? 그런데 메뉴판을 보고 있자니, 슬며시 호기심이 동했다. 숯불에 구운 삼겹살, 된장찌개, 공깃밥. 뭔가 이상한 조합인데, 또 묘하게 설득력이 있었다. 나는 결국 주문했다.

삼겹살은 기대 이상이었다. 불판 위에서 지글지글 익어가는 소리, 바삭하게 구워진 비계의 윤기, 절묘하게 배어든 숯 향. 제대로 된 고깃집에서 먹는 것과 크게 다를 바가 없었다. 아니, 어쩌면 더 맛있었다. 찜질방이라는 공간 자체가 주는 특유의 해방감 때문일까? 몸은 노곤하고, 얼굴은 달아오르고, 그런 상태에서 한입 베어 문 삼겹살의 육즙이 입안 가득 퍼졌다. 완벽했다.

생각해보면, 찜질방에서 삼겹살을 판다는 것은 꽤 논리적인 선택일지도 모른다. 사우나에서 땀을 뺀 후, 몸은 본능적으로 기름진 무언가를 원한다. 삼겹살보다 이 역할에 더 적합한 음식이 있을까? 사람들은 한껏 이완된 상태에서 고기를 굽고, 그 고기를 집어 먹고, 된장찌개를 떠먹으며, 다시 땀을 흘리러 간다. 일종의 순환 구조가 완성되는 것이다.

나는 배부르게 먹고, 몸이 묘하게 이완된 상태로

   우리가 지나쳐온 것들에 대한 이야기

찜질방 안으로 걸어 들어갔다. 누군가는 오히려 역설적이라고 할지도 모른다. 하지만 삼겹살을 먹고 다시 땀을 흘리는 것이야말로, 찜질방이라는 공간이 주는 가장 본능적인 즐거움이 아닐까 싶다. 그리고 다음번에 찜질방에 오게 된다면, 나는 다시 삼겹살을 시킬 것이다. 이미 그 맛을 알아버렸으니까.

Moment 88 도서관과 돈가스

도서관에서 밥을 먹는 건 묘한 일이다. 레스토랑도
아니고, 집도 아니다. 패스트푸드점처럼 바쁘게 해치
우는 곳도 아니다. 도서관 식당에서의 식사는 어딘지
모르게 차분하고, 조용하다. 사람들은 책을 읽고, 가
볍게 식사를 하고, 다시 책을 읽는다. 마치 아주 오래
전부터 정해진 의식처럼. 어쩌면 도서관에서 먹는 밥
은 단순한 끼니 해결이 아니라, 책과 책 사이를 잇는
어떤 연결고리 같은 것이 아닐까. 나는 가끔 그런 생

 우리가 지나쳐온 것들에 대한 이야기

각을 한다. 하지만 그런 생각이 밥을 맛있게 해주는 건 아니다.

나는 예전부터 도서관에서 밥을 먹는 습관이 있었다. 동네의 작은 구립도서관에서 특히 그랬다. 그 도서관 식당에서 파는 돈가스는 얇고 바삭했다. 소스는 약간 묽었지만, 적당히 새콤했고, 밥은 늘 따뜻했다. 한 입 먹으면 묘한 안정감이 들었다. 세상이 어떻게 돌아가든, 주식 시장이 폭락하든, 화성에서 외계인이 침공하든, 최소한 내 앞의 돈가스는 여전히 바삭했고, 소스는 여전히 달콤했다. 하지만 코로나 이후 그 도서관이 문을 닫았다. 나는 더 이상 그 돈가스를 먹을 수 없게 되었다. 좋아하던 것들이 갑자기 사라지는 건 흔한 일이지만, 그래도 아쉬운 건 어쩔 수 없었다. 돈가스의 신뢰성을 잃어버린 기분이었다.

그날 나는 아내와 함께 남산 도서관에 가기로 했다. 오랫동안 가보고 싶었지만 매번 미뤘다. '언젠가'

라고 말한 것들이 실제로 실현되는 경우는 드물다. 하지만 이번엔 확실히 가기로 했다. 아침에 일어나자마자 아내에게 말했다.

"오늘 남산 도서관에 갈까?"

아내는 신문을 넘기던 손을 멈추고 나를 쳐다봤다.

"왜 갑자기?"

"그냥. 가보고 싶었어. 그리고 거기 돈가스가 있대."

아내는 잠시 고민하더니 고개를 끄덕였다.

"좋아. 근데 가서 뭐할 건데?"

나는 잠시 생각하다가 말했다.

"책을 읽고, 밥을 먹고, 또 책을 읽고. 인생이란 결국 그 두 가지로 충분한 거 아닐까?"

　　　　우리가 지나쳐온 것들에 대한 이야기

우리는 남산으로 향했다. 가는 길은 길었고, 계단은 많았다. 나는 도서관이 산책로 근처에 있을 거라 생각했지만, 꽤 깊숙한 곳에 자리 잡고 있었다. 우리는 묵묵히 계단을 올랐다. 걷는 내내 아내는 불평했다. "왜 이렇게 높아? 그냥 집에서 책 읽으면 안 돼?" 나는 그냥 웃으며 계속 걸었다. 사실 나도 조금 후회했다. 하지만 이왕 시작한 거 끝까지 가야 한다는 묘한 책임감이 나를 밀어붙였다.

마침내 도서관에 도착했을 때, 우리는 이미 꽤 지쳐 있었다. 하지만 건물은 고즈넉했고, 주변의 나무들은 바람에 흔들리며 작은 소리를 냈다. 도심에서 멀지 않은 곳인데도 이상하게 다른 세계처럼 느껴졌다. 우리는 안으로 들어가 책을 한 권씩 골랐다. 하지만 몇 장을 넘기지도 못하고 배가 고파졌다. 결국 우리는 식당으로 향했다.

식당은 생각보다 소박했다. 메뉴판을 보니 돈가스, 카레, 우동 같은 기본적인 메뉴들이 있었다. 나는 당연히 돈가스를, 아내는 카레를 시켰다. 우리는 조용히 식사가 나오기를 기다렸다.

잠시 후 돈가스와 카레가 나왔다. 돈가스는 바삭하고, 소스는 적당히 새콤달콤했다. 나는 한 입 베어 물었다. 음, 괜찮았다. 구립도서관에서 먹던 돈가스에 비할 바는 아니었지만, 도서관 돈가스로서는 충분히 만족스러운 수준이었다. 아내도 카레를 한 숟갈 떠먹더니 고개를 끄덕였다.

"생각보다 맛있네."

우리는 조용히 식사를 마쳤다. 그리고 다시 책을 펼쳤다. 어쩌면 이곳의 돈가스도 언젠가는 사라질 것이다. 아니, 언젠가는 반드시 사라진다. 하지만 최소한 지금 이 순간만큼은 내 앞에 놓여 있다. 그리고 그 사실이 나를 조금은 안심하게 만들었다. 세상이 아

 우리가 지나쳐온 것들에 대한 이야기

무리 흔들려도, 적어도 오늘은 돈가스가 있다. 그리고 그것만으로도 충분한 날이 있다.

도서관에서 책을 읽고, 돈가스를 먹고, 다시 책을 읽는다. 그것이 내 이상적인 하루의 루틴이다. 세상은 복잡하고, 예측할 수 없는 일들로 가득하지만, 최소한 도서관에서는 돈가스를 먹을 수 있다. 그리고 그 돈가스가 맛있다면, 적어도 그날 하루는 괜찮은 날이라고 할 수 있다. 세상이 뒤집힌다 해도, 돈가스만은 변하지 않을 것이다. 아마도.

아침에 눈을 떴을 때, 창밖으로 비 냄새가 흩어지는 기분이 들었다. 밤사이 비가 내렸던 모양이다. 흐릿한 기억 속에서 꿈의 잔해들이 천천히 증발해 갔다. 나는 천장을 바라보며 잠시 생각했다. 언제부터였을까, 삶이 마치 조금씩 기울어진 테이블 위의 유리잔처럼 조용히 미끄러지기 시작한 것이.

이 글을 다 쓰고 나면 나는 다시 평범한 생활로 돌아갈 것이다. 아마도 그럴 것이다. 그렇지만 무언가가 남는다. 글을 쓰는 동안 내가 머물렀던 시간과 공간, 그곳에서 마주친 사람들과의 대화, 내 손끝을 타

　　　　우리가 지나쳐온 것들에 대한 이야기

고 흘러나온 단어들이 남는다. 그것들은 어디에도 닿지 못한 채 사라지는 게 아니라, 어딘가에 고여 있을 것이다. 마치 오래된 카페의 한쪽 구석, 아무도 신경 쓰지 않는 테이블 위에 남겨진 커피 자국처럼.

세상에는 수많은 이야기가 있고, 우리는 그 이야기들 속을 지나간다. 때때로 멈춰 서서 뒤를 돌아보기도 하고, 때로는 그저 무심하게 걸어가기도 한다. 하지만 분명한 것은, 어떤 이야기든 지나간 자리에는 미세한 흔적이 남는다는 것이다. 마치 도서관의 낡은 책장 한편에서 우연히 펼쳐진 페이지처럼, 어느 날 문득 그 흔적을 마주할지도 모른다.

나는 조용히 창문을 열었다. 밤사이 내린 비가 남긴 공기의 차가운 기운이 방 안으로 스며들었다. 커피를 한 모금 마시며 다시 천장을 바라보았다. 그리고 생각했다. 이 이야기는 여기서 끝이지만, 어딘가에서 또 다른 이야기가 시작될 것이다.

언제나 그래왔듯이.

　우리가 지나쳐온 것들에 대한 이야기